Assustando os unicórnios

Contos gays

Dados Internacionais de Catalogação na Publicação (CIP)
(Câmara Brasileira do Livro, SP, Brasil)

Schimel, Lawrence
Assustando os unicórnios − Contos gays / Lawrence Schimel ;
[tradução Dinah Kleve]. − São Paulo : Summus, 1999.

Título original: The drag queen of elfland.
ISBN 85-86755-18-4

99-0659   CDD-813.5

Índices para catálogo sistemático:

1. Ficção : Século 20 : Literatura norte-americana   813.5
2. Século 20 : Ficção : Literatura norte-americana   813.5

Compre em lugar de fotocopiar.
Cada real que você dá por um livro recompensa seus autores
e os convida a produzir mais sobre o tema;
incentiva seus editores a traduzir, encomendar e publicar
outras obras sobre o assunto;
e paga aos livreiros por estocar e levar até você livros
para a sua informação e entretenimento.
Cada real que você dá pela fotocópia não autorizada de um livro
financia um crime
e ajuda a matar a produção intelectual em todo o mundo.

Assustando os unicórnos

Contos gays

LAWRENCE SCHIMEL

De originais inéditos em língua inglesa
Copyright © 1997 by Lawrence Schimel
Publicado por acordo com Lawrence Schimel
Direitos para a língua portuguesa adquiridos por Summus Editorial,
que se reserva a propriedade desta tradução.

Tradução: **Dinah Kleve**
Projeto gráfico e capa: **Brasil Verde**
Editoração eletrônica: **Acqua Estúdio Gráfico**
Editora responsável: **Laura Bacellar**

Edições GLS
Rua Domingos de Morais, 2132 conj. 61
04036-000 São Paulo SP
Fone (011) 539-2801
http://www.edgls.com.br

Atendimento ao consumidor:
Summus Editorial
Rua Cardoso de Almeida, 1287
05013-001 São Paulo SP
Fone (011) 3872-1691

Distribuição:
Fone (011) 835-9794

Impresso no Brasil

SUMÁRIO

Um conto de Natal gay — 7

Sala de espera — 31

Comida e desejo — 35

Verão espanhol — 41

Quando o gato sai... — 51

Festa judaica — 67

Aula de pólo — 79

Drag por um dia — 91

Hansel & Gretel & Gerd — 105

Reencontro — 121

Assustando os unicórnios — 135

Sobre o autor — 144

Um conto de Natal gay

Parte um: O quarto de Marvin

Marvin Goldstein tinha morrido, para começo de conversa. Não havia dúvida sobre isso.

Não havia como Scott Murphy esquecer aquele fato, especialmente nesta época, quando um ano chegava ao fim e um outro estava prestes a começar. Ele se lembrava do último Natal que ele e Marvin tinham passado juntos, a festa que haviam feito com os amigos de Marvin no quarto do hospital, sabendo que seria a sua última comemoração. Marvin estava inspirado naquela noite, sarcástico como somente uma bicha judia pode ser.

– Eis aqui algo para fazê-los lembrar de mim, literalmente – Marvin havia dito, amargo e irônico, dando a todos os seus amigos velas de *yahrzeit* como seu derradeiro presente de Natal.

Aquilo era bem característico do senso de humor de Marvin, dar um objeto relacionado à cultura judaica – as velas de *yahrzeit* fazem parte do ritual judaico para lembrar os seus mortos, são velas que queimam durante dias e que são acesas a cada ano para marcar o aniversário de morte da pessoa – como presente de Natal. Ele não sabia se algum dos outros amigos de Marvin havia alguma vez acendido a sua vela, mas Scott, apesar de não ser judeu, acendia anualmente uma vela de *yahrzeit* para se lembrar de Marvin.

Ele, contudo, não as acendia no aniversário de morte de Marvin, na data do calendário cristão. Em vez disso, ele o fazia em *Hanukah*, a celebração judaica das luzes. Marvin sempre odiara o caráter comercial que o Natal havia adquirido. A festa de *Hanukah* não tinha grande importância no calendário judaico, mas por força da projeção do Natal, ela havia se transformado, em termos de marketing e comércio, numa festa prioritária, uma espécie de contraponto judaico para o Natal.

A cada ano, Scott colocava oito velas de *yahrzeit* no peitoril da janela e como numa *hanukah* a cada noite ele acendia mais uma vela, até que todas elas queimassem.

Sim, Marvin agora estava mortinho da silva, graças à aids. E Scott não havia feito sexo desde a morte de seu namorado, sete anos antes.

Não que ele não tivesse tido chance. Hoje mesmo, na tarde da véspera de Natal, ao ficar no escritório trabalhando num projeto quando todas as outras pessoas já tinham ido festejar com as suas famílias, um dos seus assistentes tentara novamente paquerá-lo. Fred já estava dando em cima de Scott fazia uns dois meses. Ele nunca havia sido insolente, mas era persistente em sua caçada.

Scott era tudo menos distraído. É claro que ele tinha percebido a atenção e as intenções de Fred, mas já havia esquecido como se comportar em tais situações e, pior, havia perdido o desejo de ter qualquer tipo de encontro que acabasse em sexo.

Scott era um homem com medo de sexo. Ele tinha medo dos seus desejos, que na verdade nem eram assim tão assustadores: ele preferia os homens às mulheres, no que se referia ao sexo, uma coisa muito simples.

Mas Scott não fizera mais sexo – nem com um namorado, nem consigo mesmo. Ele tinha desistido tão definitivamente de qualquer atividade sexual que já não sabia mais como desfrutar da intimidade de um outro corpo, do deslizar de uma outra pele contra a sua. Ele não conseguia nem mesmo se excitar.

Uma ereção, para Scott, não significava mais nada, atualmente, do que uma peculiaridade física, algo com o que ele acordava a cada manhã. Não era nada sexual, apenas o mecanismo utilizado pelo seu corpo para evitar que ele mijasse durante o sono. Depois que ele aliviava a bexiga, seu pinto permanecia mole o resto do dia e da noite.

E o cu de Scott, que outrora lhe havia proporcionado tanto prazer, agora estava mais contraído que os lendários punhos cerrados de Scrooge.

Scott estava morto para qualquer tipo de prazer, e nada, ao que parecia, poderia ressuscitá-lo.

Ele havia sido educado para achar que o seu desejo por outros homens era uma abominação; assim, não podia deixar de temer pela sua alma cada vez que sentia desejo. Mais do que isso, ele não conseguia deixar de temer pela sua vida. Como ele poderia desfrutar dos prazeres do sexo se era constantemente atormentado pelo medo da aids?

Scott conseguira superar a sua educação religiosa e amar homens, física e emocionalmente. Ele conseguiu superar tão completamente a educação que havia recebido que acabara se casando com um judeu.

E o preço que pagara pelo seu amor fora ter de enterrar o seu namorado.

Scott não conseguia pensar em amar um outro homem novamente, uma vez que não tinha como saber se esse homem estava ou poderia ficar doente e abandoná-lo como Marvin havia feito. Ele não conseguia encarar o sexo com um outro homem sem saber se ele poderia infectá-lo acidentalmente. O risco era grande demais para ele.

Scott não havia percebido a chegada de Fred em seu escritório até ele dizer:

– Vi as luzes acesas. O que você ainda faz aqui na noite de Natal?

– Você me assustou – Scott reclamou, sem desviar a atenção de seu trabalho para olhar para o visitante.

– Você gostaria de vir jantar no meu apartamento? Estou passando o feriado sozinho e gostaria de companhia.

Apesar de a tensão sexual ainda estar presente em seu gestual, a oferta de Fred era bastante genuína e inocente. Ele ficaria feliz simplesmente pelo fato de passar o feriado com um outro corpo quente, mesmo que eles não fizessem sexo.

Scott não tinha mais interesse em nenhum tipo de companheirismo.

– Tenho um trabalho a fazer. Além disso, não comemoro mais os feriados.

Ele mediu a distância entre duas paredes no papel à sua frente.

– Bem, então feliz Natal para você – disse Fred, imperturbável, não querendo desistir tão facilmente. – Aqui está o meu número, para o caso de você mudar de idéia.

Ele anotou o número num bloco sobre a mesa de Scott e então saiu do escritório, deixando-o sozinho.

Os seguranças vieram por volta das 10 da noite e puseram Scott para fora, para que pudessem fechar o escritório e ir para casa encontrar os seus familiares. Scott recolheu todos os papéis de sua mesa, pretendendo continuar a trabalhar neles em casa. Tinha uma prancheta montada lá e poderia trabalhar no dia seguinte sem ser interrompido pelo telefone ou por seus companheiros de trabalho.

Em casa, um apartamento de uma cooperativa que ele tinha herdado de Marvin, Scott separou a correspondência – uma grande variedade de contas e catálogos não solicitados, além de propagandas. Um determinado catálogo, com fotografias de roupas íntimas masculinas, prendeu a sua atenção por um momento a mais do que ele gostaria de admitir e a insinuação de uma lembrança começou a arder em sua mente. Scott a ignorou. "Desperdício de árvores", resmungou. Juntou a papelada e foi até o corredor, para jogá-la no incinerador.

Ao abrir a pequena tampa na parede, contudo, Scott foi capaz de jurar que viu o rosto de Marvin, seu namorado morto, olhando para ele. Scott piscou, tentando afastar a imagem de seus olhos. Jogou os papéis pelo tubo o mais rápido que pôde e bateu a porta. O som pareceu ecoar por todo o prédio.

Scott apressou-se em voltar para o apartamento, passando o ferrolho na porta para ficar seguro dentro de casa. Permaneceu ali, arfando com um medo incomum, apoiado na porta enquanto pensava na imagem que ele achava ter visto no incinerador. Era impossível, é claro, já que Marvin estava morto havia muito tempo; o próprio Scott o havia enterrado.

Não num cemitério judaico, eles não tinham aceitado o corpo.

Scott lembrava-se claramente de como Marvin havia disfarçado os seus sentimentos ao descobrir que era soropositivo.

– O que eu sempre temi no que diz respeito às tatuagens – Marvin havia dito – é que a maioria dos desenhos de que eu gosto não ficassem bem em mim com o passar do tempo, por causa da idade. Coisas das quais eu poderia me arrepender quando tivesse sessenta ou setenta anos. Mas agora isso não é mais problema, não é mesmo?

Marvin fez uma tatuagem do ursinho Puff no bíceps, e mais tarde uma tira de desenhos geométricos ao redor dos tornozelos. Foi por isso que ele ficou de fora do cemitério dos Goldstein.

Scott ouviu um som atrás de si, através da porta pesada que dava para o corredor do edifício. Foi como se uma campainha tivesse soado, como se todas as campainhas do edifício estivessem soando ao mesmo tempo. A sua própria campainha começou a soar, mas Scott a ignorou.

Ele começou a se afastar da porta quando voltou a ouvir alguma coisa no corredor atrás de si. A campainha continuou a soar. Scott teve medo de olhar através do olho mágico, como se pudesse acidentalmente deixar o que quer que estivesse do lado de fora entrar em seu apartamento, caso puxasse a plaquinha de metal para o lado para olhar através das lentes de vidro.

Não fez diferença. Scott viu o que quer que estivesse fazendo o barulho passar *através* da pesada porta de seu apartamento.

– Marvin? – disse Scott num sussurro. – Será que é você?

A aparição continuou avançando e Scott dava um passo para trás a cada passo que ela dava para a frente, até tropeçar na ponta do tapete e cair no sofá. Marvin – ou melhor, o fantasma de Marvin, já que Scott podia ver através da imagem do namorado morto – continuava a se aproximar.

– O que você quer de mim? – gritou Scott.

O fantasma sorriu.

– O que é que eu poderia querer de você, querido?

A aparição estendeu a mão e tocou o ventre de Scott. A mão passou pelo tecido das roupas de Scott, alcançando os seus genitais.

– Já faz muito tempo que você não faz sexo, portanto não venha me dizer que não está a fim.

Scott pulou do sofá e atravessou a sala. Ele apertou a cabeça entre as mãos e esfregou os olhos, sem acreditar no que via à sua frente.

O fantasma suspirou:

– Por favor, não me dê a velha desculpa esfarrapada de que está com dor de cabeça. Depois de sete anos, depois de eu voltar dos mortos, nada menos do que isso, só para vê-lo novamente, você não acha que eu mereço algo melhor?

A cabeça de Scott não doía simplesmente, mas parecia prestes a explodir em mil pedaços, tamanha a sua descrença. O que ele deveria fazer?

– Você está duvidando dos seus sentidos – prosseguiu o fantasma – porque não os tem usado para sentir nada faz muito tempo. Mas eu sou real, não tenha medo. Não é de mim que você deve ter medo.

– O que você quer dizer com isso? – Scott perguntou.

Ele respirou fundo, acalmando-se, enquanto esperava uma resposta do fantasma de seu namorado morto.

— Você está mais morto do que eu. Olhe só para você. Quando foi a última vez que você transou? Melhor, quando foi a última vez que você tocou uma punheta? Você parece um monte de cinzas, apesar de ainda estar respirando. Nada de prazer, nem de sentimentos. Conheci lápides que irradiavam mais calor humano do que você.

— Que delícia. Você veio de tão longe para criticar os meus hábitos sexuais, é isso? Qual é o problema, as coisas vão mal sete palmos abaixo da terra? Você bem que merece, por todas as vezes que me traiu quando estávamos juntos.

Scott tentou desviar do fantasma, mas percebeu que não podia simplesmente voltar as costas para ele. Algo nele temia o fantasma zangado de seu namorado. Algo nele ainda ansiava por uma última visão de Marvin, ainda que Scott tivesse certeza de que aquilo era uma alucinação.

— Vejo que você continua pensando pequeno. É bom ver que algumas coisas não mudam. Nós não íamos querer um amadurecimento emocional a esta altura, íamos? — O fantasma suspirou profundamente. — Eu não vim aqui para brigar. Vim para lhe dizer que você está errado. Vim para adverti-lo, para que você possa mudar o seu futuro.

— Do que é que você está falando? O que você sabe sobre o meu futuro?

— Eu tenho pouco tempo, por isso vou eliminar os preâmbulos. Dickens sabia das coisas. Só que eu sou judeu, por isso vamos deixar o Natal de lado. Ao invés disso, vamos ver se você aprende alguma coisa a respeito do seu pinto. Você se lembra da estória, tenho certeza: três fantasmas que começam a surgir quando o relógio bate uma hora...

O fantasma de Marvin se levantou.

— Mas, espere — Scott começou — Eu...

— Você teve a sua chance — Marvin disse, falando sério. — Eu mexi alguns pauzinhos para lhe dar outra. Não a desperdice. É pegar ou largar.

O fantasma virou e então voltou-se mais uma vez:

— Isso se refere a ambos, sua segunda chance e seu caralho.

E, dizendo isso, Marvin desapareceu.

Scott passou novamente pelo lugar onde Marvin estava. "Ele estava bem aqui", sussurrou, mal acreditando que aquilo era verdade. "O seu fantasma esteve aqui", ele murmurou, corrigindo-se. Scott sentiu medo de se deitar. Preparou um bule de café. Ficaria acordado e saudaria os fantasmas com uma xícara de café para cada um (se os fantasmas não pudessem mais beber líquidos, poderiam pelo menos sentir o aroma do café). Ele lhes mostraria que não tinha medo deles (ainda mais sabendo de antemão que viriam).

Mas depois mudou de idéia e derramou o café na pia. Teve mais medo de não seguir as regras da história. Escovou os dentes e passou o fio dental, olhando para a sua imagem refletida no espelho. Ele não era tão inanimado como Marvin havia dito. Ou era?

Scott vestiu o seu pijama de flanela e voltou a checar o ferrolho na porta da frente antes de se enfiar na cama. Deixou a luz do criado-mudo acesa — só por garantia... Ouviu batidas na parede que ele dividia com o apartamento vizinho. No começo Scott teve medo de uma nova presença fantasmagórica. Mas então uma voz feminina gritou, um uivo entre a dor e o êxtase, e ele percebeu que era só a mulher do lado fazendo sexo com o seu mais recente namorado. Ela arranjava um novo a cada mês, mais ou menos, porque se cansava deles muito rapidamente.

"Agora é que eu não vou conseguir dormir mais", Scott murmurou, sabendo por experiências anteriores que ela podia ficar naquilo por horas, e se perguntou, pela primeira vez depois de muito tempo, o que exatamente eles estariam fazendo do outro lado da parede.

E ainda pensando a respeito destas imagens, Scott adormeceu.

Parte dois: Vivendo perigosamente

O alarme disparou, mas Scott tentou ignorá-lo. Ele estava bem no meio de um sonho – não sabia exatamente qual, mas tinha certeza de que era algo que ele queria continuar sonhando um pouquinho mais. Depois então ele poderia levantar e ir trabalhar.

– Acho que você deveria fazer algo a respeito deste barulho infernal – disse uma voz à sua direita.

Scott ergueu-se ereto na cama, olhando ao redor do quarto. Havia um homem de pé em frente à sua cama. Scott esfregou os olhos tentando espantar o sono. O homem parecia um Quentin Crisp mais jovem. Só que Crisp ainda não tinha morrido, Scott tinha plena certeza, portanto o seu fantasma não poderia estar ali no seu quarto.

Não, não era Crisp, Scott concluiu ao olhar o estranho mais de perto. Somente alguém tão fora de moda (sem falar na extravagância) quanto ele. O rosto era mais aberto, mais redondo, quase como o de uma coruja

O estranho não se abalou com a inspeção muda de Scott.

– Acho que é o aparelho à sua esquerda que você está procurando.

Scott olhou para o despertador no seu criado-mudo, que intensificou o seu som insistente enquanto o *timer* continuava o seu tique-taque e voltou-se novamente para o estranho em seu apartamento.

O visitante revirou os olhos e pediu exasperadamente:
– Silencie este aparelho agora mesmo!

Scott pulou e apertou a tecla.

– Obrigado – disse o fantasma, indo para o outro lado da cama – Posso? – perguntou, indicando a cadeira.

– Claro – Scott disse, perguntando-se o que ele tinha comido que lhe havia provocado alucinações como esta. Ou como Marvin teria dito: "O que foi que eu fiz para merecer isso?"

O que quer que fosse, ele tinha que encarar.

Scott se levantou. Ele não gostava de se sentir tão fora do controle da situação, tão indefeso.

— Então — ele disse, sentando na ponta da cama, diretamente na frente do espírito. — Você deve ser o fantasma do Natal passado.

— É verdade, seu rapazinho insolente.

Scott agitou os braços.

— Ora, seu velhaco. Vamos logo com isso, certo? O que você tem para me mostrar?

— Houve um tempo em que você demonstrava mais respeito pelos mais velhos — disse o fantasma de Oscar Wilde, severamente.

Scott não conseguia deixar de olhar para os olhos do fantasma, sentindo-se perdido dentro deles.

— Ou será que você esqueceu?

O quarto ao seu redor foi escurecendo aos poucos. Ele já não conseguia ver mais nada além do rosto do homem, os seus olhos, o seu cabelo escuro espalhando-se sobre sua cabeça como se recobrissem um coco.

Scott piscou e quando abriu os seus olhos estava no bar Mineshaft. O fantasma estava ao seu lado, parecendo completamente deslocado com sua golinha de janota e suas mangas drapeadas, em meio aos clones de machões e os garotões vestidos de couro que lotavam os cantos escuros do bar.

O fantasma fez um meneio de cabeça em direção a um dos cantos e Scott se virou para seguir o seu olhar. Com um susto, viu uma versão de si mesmo mais jovem, vinte anos incompletos, ajoelhado na frente de três homens mais velhos. Suas mãos estavam atadas às costas. Cada um dos homens usava *chaparajos*, sem nada por baixo, suas bolas e paus pendendo em frente ao seu rosto jovem. Um dos homens tinha o peito largo traspassado por tiras de couro. Os outros dois usavam coletes do mesmo material. O jovem Scott estava chupando um dos homens, caindo de boca, faminto, no seu pau inchado, enquanto os outros se masturbavam e olhavam, esperando a sua vez. O jovem Scott deixou o cacete cair de sua boca para recuperar o fôlego, mas um dos outros homens o agarrou pelos cabelos e empurrou a sua cabeça em direção ao pinto, enfiando-o na sua boca quente.

Scott assistia a tudo aquilo, surpreso com a avidez de seu eu mais jovem, sua disponibilidade em servir aos outros homens, em saciar seus desejos. Ele parecia sedento por sua atenção, pelo modo como eles o dominavam. Ele implorava por isso, e aqueles homens rudes o faziam implorar, faziam-no dar voz a cada desejo.

Scott sentiu alguém passar a mão nele através da flanela do pijama e desviou o olhar das indiscrições de sua versão mais jovem. Um tecido refinado roçou a sua perna quando ele afastou a mão do seu sexo. Scott olhou para o fantasma para expressar o seu desagrado com as liberdades tomadas, mas então percebeu que estava tendo uma ereção. Ele tinha ficado de cacete duro de olhar para si mesmo mais jovem chupando aquele trio de homens maduros.

– Achei que você gostasse de homens mais velhos – disse o fantasma a Scott, gracejando, enquanto remexia nervosamente no fecho de suas calças.

Scott abriu a sua boca para protestar, mas nenhum som saiu. Ele voltou a olhar para o canto onde o Scott mais jovem estava prostrado em frente aos três homens de seus quarenta e tantos, quase cinquenta anos, homens que na época pareciam inacreditavelmente velhos para ele.

– Sim – disse o fantasma, ao ver que Scott observava um dos homens se preparar para comer a bunda da sua versão mais jovem enquanto o outro continuava a empurrar a sua pica para dentro da sua boca. – Agora estamos nos lembrando do respeito devido aos mais velhos. Olhe para mim quando falo com você, rapaz.

Quase contra a sua vontade, a cabeça de Scott se virou, levada pelo poder do fantasma e também pela autoridade que havia em seu comando, pela lembrança dos dias em que ele desejara desesperadamente estar nas mãos de alguém que lhe dissesse o que fazer, alguém em quem ele sentisse que podia confiar, que o protegesse e cuidasse dele. Scott olhou para aquele rosto fantasmagórico, um rosto através do qual se podia quase enxergar como se fosse um painel enfumaçado de vidro – um rosto cujos olhos eram uma janela para outro mundo, o mundo do passado de Scott, das coisas que ele havia feito em sua juventude selvagem.

– Não – disse Scott, e desviou os olhos dos do fantasma.

A cena ao redor deles transformou-se mais uma vez. Eles estavam, anos antes de ele conhecer Marvin, no primeiro apartamento de Scott em Manhattan, que ele dividia com outros três jovens gays, todos recém-mudados para a Big Apple vindos do meio oeste. Kevin era de Ohio, e Jordan e Edward, de Kansas.

– Você não pode fugir do seu passado – o fantasma lembrou.

Scott não podia esquecer.

Ele sabia qual era a cena que estava prestes a se desenrolar à sua frente. Aquele primeiro Natal passado no apartamento, quando os quatro tinham dado uma festa para todos os amigos, casos e namorados que haviam tido desde a sua mudança para aquele paraíso.

Scott ficou observando, incapaz de voltar o rosto enquanto seus velhos amigos se embebedavam e começavam a tirar as roupas lentamente. Ele não pôde deixar de se perguntar quantos daqueles homens ainda estavam vivos. Não tinha pensado neles durante todo esse tempo.

Logo estavam todos nus. Quase vinte homens de seus vinte e poucos anos fazendo sexo numa aglomeração selvagem.

Scott ficou observando o seu eu mais jovem se lançar com abandono naquela multidão insana, a pressão e a aglomeração dos corpos e paus, bundas e bocas sedentas. Sua versão mais jovem estava inebriada de prazer, empurrando a sua pica em qualquer mão ou orifício ao seu alcance. Ele observou o jovem Scott gozar vezes seguidas em bocas e bundas jovens. E mesmo quando o seu mastro já estava cansado demais para se erguer novamente, o jovem Scott continuava a brincar com os homens ao seu redor, chupando vorazmente os seus sexos flácidos, tentando trazê-los de volta à vida.

— Bons tempos aqueles. Eu vivia em outro mundo — disse Scott, virando-se para olhar para o fantasma ao seu lado.

— Outros mundos e fundos! — ele brincou — Mas isso agora é passado.

— Sim — sussurrou o fantasma, enquanto o mundo escureceu novamente em torno de Scott. — Eles agora são o passado. Mas você não pode fingir que eles não existiram.

— Eu não... — Scott começou, mas calou-se, sabendo que seus protestos não eram sinceros.

Ele desviou o olhar dos olhos negros do fantasma, mas o mundo continuou escurecendo.

— Onde estamos agora, fantasma? — perguntou Scott.

À medida que os seus olhos se acostumaram à escuridão, Scott soube onde eles estavam, assim como havia reconhecido o apartamento que eles tinham acabado de visitar, e sentiu um pressentimento na boca do estômago. Eles estavam nos vestiários da academia de Chelsea, anos atrás. Nada muito diferente das saunas que ele costumava freqüentar — um lugar cheio de homens nus, chuveiros e sexo. Mas a situação era diferente.

Scott sabia que cena se desenrolaria à sua frente. Aquela era a academia da moda onde Scott tinha se exercitado, três vezes por semana, quando ainda se importava suficientemente com o próprio corpo para fazer alguma coisa por ele. Quando ele ainda se importava com o seu corpo mas tinha ficado com medo de usá-lo.

Durante meses, enquanto malhava, ele tinha sentido desejo por um homem de pele morena e certo ar latino, com ombros largos que se afinavam em uma estreita cintura, um torso clássico em forma de V. Scott não sabia o nome do homem, mas conhecia o seu corpo perfeitamente, havia memorizado cada curva e sombra dele. Na sua fantasia ele tinha desfrutado inúmeras vezes daquele homem – naquele dias Scott ainda desfrutava de seu próprio corpo. Mas apenas sozinho. Ele tinha medo de outros homens, apesar de desejá-los desesperadamente.

Neste dia que se desenrolava novamente frente aos olhos de Scott, apesar de ele tentar bloquear as visões e se perder no vapor e na névoa – sem sucesso –, este homem por quem ele havia ansiado durante tanto tempo e que tinha se transformado no homem dos seus sonhos sentou-se ao seu lado na sauna.

O Scott da imagem ficou de pau duro por causa da mera proximidade de seu ídolo.

E o seu ídolo notou. O homem estendeu a mão e eis uma nova imagem – a pica de Scott engrossando na sua palma escura.

O pau do próprio Scott ficou em posição de sentido enquanto ele assistia a cena novamente, o início da fantasia que ele tinha imaginado tantas e tantas vezes. Scott tinha se masturbado com esta imagem durante meses, torcendo e rezando, sem no entanto nunca acreditar sinceramente que ela pudesse se tornar realidade.

E quando isso finalmente aconteceu, Scott teve medo. Sua mente percorreu todas as imagens de sexo com aquele homem com quem ele tinha fantasiado tantas vezes antes. Mas ser apresentado à coisa real, o homem em si, seu corpo tocando o de Scott, foi aterrorizante demais para ele. A pressão da mão daquele homem ao redor do seu bráulio era maravilhosa, mas sensação não foi suficiente para se sobrepor ao medo que fez o cacete de Scott amolecer. Scott ergueu suavemente a mão do homem de seu caralho, sorrindo constrangido.

O latino deu de ombros e se voltou para o homem sentado ao seu lado, que tinha ficado de pinto duro só de olhar para a brincadeira dos dois. Scott ficou olhando atônito vendo o homem de seus sonhos deslizar por entre os seus dedos, odiando-se por deixar esta oportunidade escapar. Ele não conseguia deixar de olhar para aqueles dois homens se agarrando, acariciando ventres, apertando mamilos, fungando na carne dos braços e do pescoço um do outro.

Eles não fizeram nada que não fosse seguro. Scott podia muito bem estar fazendo aquelas mesmas coisas com aquele cara.

Mas ele tinha medo.

Medo do sexo. Medo de intimidade. Medo do prazer. E o preço do medo era o remorso, eterno e duradouro. Ele sempre se lembraria de ter tido esta oportunidade e de tê-la desperdiçado por medo.

Arrependimento – o único companheiro de sua idade avançada.

– Não! – gritou Scott. – Não, não!

Ele acordou na sua cama, sentando-se ereto. Espasmos voltavam a agitar o seu pau. A porra jorrava por dentro do seu pijama, esticado à sua frente por causa de sua ereção. Os seus pentelhos estavam molhados com a ejaculação.

– Não – murmurou Scott.

Ele não queria se confrontar com estes medos. Era mais fácil ignorar o sexo.

Mas então olhou para o seu colo. Será que ele poderia voltar a ignorar o sexo depois do que lhe havia sido mostrado? Será que ele poderia voltar a ignorar o sexo agora que havia se lembrado?

Seu sexo estava impregnado com o prazer do alívio após o orgasmo.

Mas também estava pegajoso por causa da porra e do suor, toda a sujeira relacionada ao sexo.

Ele se levantou e foi até o banheiro. Limpou-se, colocou uma calça de pijama limpa e voltou para a cama.

Parte três: Nick

Scott despertou sabendo que tinha acabado de sonhar, sem no entanto conseguir se lembrar com o quê. Ele ficou deitado na cama com os olhos ainda fechados, pensando nos acontecimentos daquela noite. Sem abri-los, estendeu a mão e pressionou a tecla do despertador, pois sabia que, apesar de o alarme não estar ativado, o relógio soaria às duas da manhã e o despertaria. Scott sempre acordava poucos minutos antes do alarme disparar para se poupar daquele som desagradável.

Ficou escutando o silêncio do quarto enquanto permanecia na cama, perguntando-se qual seria o próximo fantasma a aparecer e quando ele o faria. Scott percebeu que podia ouvir alguma coisa, uma espécie de som efervescente, como um sal de frutas desmanchando-se na água. Perguntou-se se já era o fantasma.

"Posso muito bem acordar e descobrir" – murmurou Scott.

Ele se virou de costas e jogou as cobertas para longe. Percebeu que estava com o sexo ereto, apesar de ter feito xixi pouco antes de ir dormir, uma hora antes, quando havia acordado após a visita do último fantasma. Ele não estava com vontade de ir ao banheiro novamente, mas estendeu a mão e sentiu o seu pau duro, maravilhando-se ao perceber como era bom simplesmente segurar a sua ereção nas mãos e tentando não pensar há quanto tempo ele não fazia isso.

Uma gota de secreção manchou o seu pijama, onde a cabecinha pressionava o tecido. Era muito bom sentir o tecido cru deslizando sobre a glande sensível.

– Vejo que resolvemos pôr mãos à obra – disse uma voz ao pé da cama. – Ou eu deveria dizer "pôr a mão na massa"? – disse a voz, rindo.

Scott olhou para cima e viu que a televisão estava ligada. Não estava em nenhum canal, apenas estática – o som efervescente que o tinha despertado – e a imagem de um homem nu falando com ele.

Apesar de ter se tornado, ao longo dos últimos sete anos, insensível e impermeável ao sexo e ao prazer sexual, ele não era de todo indiferente à agitação sexual ao seu redor, portanto reconheceu o homem nu na televisão como sendo o primeiro astro pornô passivo realmente famoso – Joey Stefano.

– Traga isso para cá, garotão, e eu lhe darei uma mãozinha.

Era uma frase feita, Scott bem o sabia, mas não eram muitos os homens que recebiam uma proposta deste tipo de um astro pornô internacionalmente conhecido. Alguém por quem Scott tinha efetivamente se masturbado, na época em que ainda se masturbava mas quando não fazia mais sexo com outros homens. Havia algo de inebriante no fato de ser abordado por aquele homem que tantos outros homens desejavam. Mas ao mesmo tempo ele se perguntava se um fantasma poderia infectá-lo com o vírus hiv.

"Que mal poderia haver?", pensou Scott ao se levantar e caminhar até a televisão. Ele abriu a sua braguilha enquanto caminhava e botou o seu pau ereto para fora de modo que ele despontasse entre as dobras do tecido.

– Esse é o meu garoto – disse Joey Stefano, estendendo a mão de dentro da tv para agarrar o pau de Scott.

Ele o apertou, enviando tremores pela espinha de Scott e então o puxou pelo caralho para dentro do aparelho.

Agora eles estavam do mesmo tamanho, ambos num corredor.

– Prazer em conhecê-lo – disse Stefano, agitando o pinto de Scott ainda em suas mãos. – Pode me chamar de Nick. É assim que os meus amigos me chamam.

Scott se lembrou de ter escutado o verdadeiro nome de Joey Stefano após o seu suicídio. Nick Iaconna, era isso. Scott tinha visto um livro que haviam lançado inteiramente dedicado a ele, na vitrine de um sex shop, no seu caminho do trabalho para casa, apesar de, é claro, não ter parado para examiná-lo mais detalhadamente.

— Não posso acreditar que esteja conversando com você. Scott olhou para a sua pica ainda sendo apertada pela mão de Nick. Parecia que pertencia a uma outra pessoa, dada a distância que sentia dela.
— Não posso acreditar que esteja fazendo isso com você. Tenho amigos que seriam capazes de matar alguém para estar no meu lugar agora.

Ele pensou em como poderia fazer uma lista das pessoas que ele conhecia que pagariam uma exorbitância para ter a chance de estar onde ele estava agora.

— Na verdade, a maioria dos seus amigos está se divertindo bastante por conta própria. Veja você mesmo — e apontou para trás de Scott.

Eles olharam para fora da tela da televisão, para o cara que trabalhava com Scott – Tim. O vidro era como uma janela, através da qual eles viam o quarto de Tim.

— Ele não pode nos ver – disse Nick.
— Não posso acreditar nisso. Você está espiando o Tim! Nós dois estamos!
— Estamos espiando o piu-piu de Tim – Nick corrigiu.

Scott não pôde deixar de olhar para o órgão em questão. Tim estava se masturbando, completamente nu na sua cama, tocando uma punheta com uma mão e massageando a sua bunda com a outra.

— Acho que isso é mais do que eu gostaria de saber a respeito de Tim.

Tim tinha um pinto pequeno. Bem menor do que a média. O que era surpreendente para Scott, que imaginava que a pica de Tim combinasse com o resto do seu corpo, grande e musculoso. Será que Tim tinha usado esteróides, que, segundo diziam, faziam os órgãos genitais diminuírem?

— Por que o está espiando? – perguntou Scott.

Não que ele próprio conseguisse se deter, estava hipnotizado pela atividade de seu companheiro de trabalho, comparando o seu modo de se masturbar ao dele próprio, caso ele o fizesse. Ele agarrou o seu próprio cacete, como que para se reassegurar.

– Se era para eu gozar vendo estas imagens, não teria sido melhor me apresentar um garanhão bem dotado?

– Qualquer um pode tirar prazer do seu próprio corpo – disse Nick. – Além do que, isto está no script.

– O script? – Scott perguntou.

Ele olhou para o fantasma e de repente percebeu que estava conversando com o fantasma do Natal Presente, e todo o resto da história.

– Ah, agora compreendo. – ele deu um tapa na testa com a palma de uma as mãos. – Não posso acreditar que caí nessa. O pequeno Tim.

Scott olhou para o seu companheiro de trabalho do outro lado da tela. Depois virou-se, olhou por cima do seu ombro e viu que eles estavam num set pornô.

– Ei, você está aqui duplamente – ele disse, dando um tapinha no ombro de Nick.

Atrás deles, Joey Stefano estava deitado de costas numa mesa de piquenique, sendo comido por Ryan Idol.

– Eu sei – disse Nick. – Tim tem bom gosto.

Scott continuou olhando para frente e para trás, entre a cena da mesa de piquenique e a de fora do aparelho de tv. Tim havia pego um vibrador debaixo da cama para metê-lo no cu enquanto olhava para a tela e se masturbava com a outra mão.

A mão de Scott estava se movendo no mesmo ritmo da de Tim, ele percebeu de repente, e por um momento ele se sentiu como se fosse Tim que o estivesse observando masturbar-se, e não o contrário. Scott era o astro gostosão que todos desejavam e com quem Tim, com o seu pinto pequeno, estava fantasiando neste exato momento.

Nick deu um tapa forte na bunda de Scott.

– Acorde. Você está levando as coisas para o lado errado. O lado certo é esse aqui – disse o fantasma, metendo uma mão entre as nádegas de Scott e pressionando-a para cima.

Scott acordou, como estava previsto, novamente na sua própria cama. Mas não sem uma última imagem de Tim através da tela de tv.

Tim estava feliz como um pinto na lama, apesar do seu mastro minúsculo. Ele gritava e berrava de prazer, sem se incomodar com o que os vizinhos pudessem pensar, desfrutando das sensações que se apossavam do seu corpo. Ele estava jorrando porra sobre o estômago, criando uma poça sobre a sua barriga.

O estômago do próprio Scott estava pegajoso de sêmen. Mais um sonho erótico, agora com este segundo fantasma. Ele estendeu a mão e baixou o seu pijama molhado. Correu os dedos pela porra que já secava, espalhando-a por todo o seu corpo. Ele não tinha o abandono que havia visto em Tim, debatendo-se na cama, mas estava se divertindo. O que, afinal de contas, ele pensou, era o que o fantasma havia querido que ele aprendesse.

Ele ergueu a mão para sentir o cheiro de seus dedos ensopados de porra e então os colocou na sua boca. Pela primeira vez depois de muitos anos ele experimentava porra, a sua própria porra, ainda saudável, fazendo-o lembrar do quanto gostava do sabor entre o doce e o salgado.

Desta vez Scott não trocou o pijama e, levemente pegajoso, virou-se e mergulhou feliz num sono profundo, ainda agarrando o seu pau que já amolecia.

Parte quatro: A última oferta

Scott acordou quando Marvin ergueu as cobertas e se enfiou na cama ao seu lado. O fantasma se aninhou a Scott, passando os braços em torno de seu namorado. Aquilo estava tão confortável que Scott quase achou que estivesse vivendo um momento de dez anos antes, quando Marvin ainda estava vivo e ainda era tão real quanto parecia ser neste momento.

Scott não quis fazer nada que quebrasse o encantamento daquele momento. Mas ele não podia deixar de perguntar.

– O que aconteceu ao fantasma do Natal Futuro? – perguntou Scott meio sonado.

– Eu sou o fantasma do seu futuro – disse Marvin.

– E eu sou o fantasma do seu futuro – disse uma segunda voz.

Scott olhou para cima, assustado com o recém-chegado. Lá estava Steven Willis, o primeiro cara de quem ele tinha tirado uma casquinha, lutando na beira do lago de um acampamento, certo verão. Eles tinham tocado o sexo um do outro acidentalmente e descoberto que gostavam daquilo, decidindo então fazê-lo novamente de propósito.

– E eu sou o fantasma do seu futuro – disse uma terceira voz. Robert Sutton, o seu namorado da época de faculdade.

– E eu – disseram as vozes, uma após a outra, de todos os homens com quem Scott havia feito amor, namorado, ou chupado em salões de chá ou muquifos, todos aqueles que ele tinha comido ou por quem havia sido comido, todos chamaram por ele.

– Mas vocês não podem estar todos mortos! – gritou Scott. – Eu sei que vocês não estão mortos. Eric, eu recebi um cartão de Natal seu na semana passada, apesar de tê-lo jogado fora. Você não pode ter morrido nesse meio-tempo. Eu nem sabia que você estava doente!

– Eu não estou morto – disse Eric. – Mas sou um fantasma do seu futuro. Você vai se lembrar de todos os homens com quem já transou toda vez que trepar com alguém.

– Você não pode fugir do seu passado – disse Marvin – nem deve tentar fazê-lo. Cada vez que você fizer amor com outro homem, eu estarei com você. E através de você, eu poderei desfrutar novamente dos prazeres da vida que agora me são negados.

– Sua abstinência nega não apenas o seu próprio prazer, como também o nosso. Somos os fantasmas do seu futuro –

gritaram em uníssono todos os homens que ele já havia amado, enquanto se enfiavam na cama com ele e passavam os seus dedos, bocas e paus pelo seu corpo.

Scott gritou.

Aquilo era demais para ele – sensações em demasia, prazer em demasia, tudo em demasia.

Mas os fantasmas não pararam. Vorazes e insaciáveis, eles o lamberam e bolinaram, segurando-o, enquanto ele se debatia sob eles, tentando se libertar.

Seu cacete estava inchado de esforço e excitação, quase contra a sua vontade.

Ele não queria ser provocado, não queria fazer sexo.

Mas não teve escolha. Os fantasmas desfrutaram do seu corpo, descontando os sete longos anos de abstinência auto-imposta.

Eles provocaram e acariciaram o seu corpo, bolinaram e...

E finalmente o fizeram gozar – um orgasmo brilhante e devastador que o nocauteou, a ele e aos seus sentidos superestimulados.

Quando ele acordou, o dia já raiava pela janela. Era Natal. Ele estava nu, sobre a cama. Havia gotas brancas de sêmen espalhadas pelo seu peito e estômago.

– Feliz Natal – Scott murmurou e sorriu.

Ele ficou deitado na sua cama tentando dar algum sentido às lembranças da noite anterior e então se levantou e foi tomar uma ducha. Vestiu-se e foi para a rua.

A cidade estava combatendo todas as lojas relacionadas ao sexo – *peep* shows, cabines, galerias de vídeos eróticos e shows de travestis. Scott costumava aprovar este tipo de medida, achando que tais coisas não deviam ser exibidas em público, tão ostensivamente. Afinal de contas, o sexo era uma coisa para ser feita a portas fechadas.

Mas as suas atitudes em relação ao sexo tinham mudado. Ou, por outra, tinham voltado a ser o que eram antes.

Scott ficou feliz ao perceber que a cidade não tinha conseguido o seu intuito de fechar as lojas pornôs enquanto se dirigia a uma delas, situada a dois quarteirões de seu apartamento. Ela estava aberta, mesmo no Natal, para todas aquelas almas solitárias e insatisfeitas, necessitadas de algum alívio imediato nesse dia tão estressante.

Ao entrar no XXX – Emporium, ele decidiu fazer alguns croquis de um sex shop mais sofisticado. Parte do problema da cidade, Scott pensou – além do fato de estas lojas evidenciarem o sexo, e em especial o sexo gay –, era o aspecto barato, o modo sujo e sem sofisticação com que se apresentavam e promoviam os seus artigos. "Será que estas lojas teriam uma chance maior de sobrevivência se mudassem o seu visual?", perguntou-se Scott. Valia a pena tentar. Mesmo que seus planos não funcionassem, talvez as pessoas tivessem novas idéias. Seria a sua maneira de contribuir para a briga para evitar que estas lojas fossem fechadas.

Scott comprou um vibrador para dar de presente a Tim, o pequeno Tim, ele não pôde deixar de lembrar, rindo da ironia daquilo tudo. O vibrador tinha fácil, fácil quatro vezes o tamanho do pau de seu colega, mas isso não o incomodaria, Scott tinha certeza. Scott sabia que Tim era um passivo adepto de uma boa baixaria, por tê-lo visto masturbar-se. Seus olhos brilhariam quando desembrulhasse *esse* presente de Natal.

Scott se perguntou se alguma vez o usaria com ele. Logo que começara a trabalhar no escritório, Tim havia paquerado Scott, mas ele, é claro, o havia ignorado.

Agora ele se punha a imaginar como seria transar com Tim. Scott considerou a possibilidade de fazer sexo com ele, mesmo com o seu pau minúsculo. Scott também era passivo, apesar de ter medo de ser comido nos dias atuais, mesmo com uma camisinha. Mas Tim tinha prazer com o sexo, divertia-se, isto era óbvio. Talvez eles pudessem se divertir juntos, dois passivos numa mesma cama. "Afinal, eu também posso comer uma bundinha de vez em quando", pensou Scott no sex shop, com a sua sexualidade recém-despertada, desejando experimentar tudo novamente.

Mas Scott percebeu que os pensamentos a respeito de Tim podiam esperar um pouco mais, ao comprar para si mesmo o maior vidro de lubrificante da loja e uma caixa de camisinhas. Levou as suas novas aquisições para casa e colocou-as na pequena mesa do corredor. Sentou-se na sua prancheta e folheou os papéis que tinha trazido para trabalhar em casa naquele dia. Finamente encontrou o que estava procurando e estendeu a mão para o telefone.

– Fred? É Scott Murphy. Feliz Natal! Eu queria saber se aquela proposta que você me fez ontem à noite ainda está de pé...

Sala de espera

Eu não esperava estar numa clínica de doenças sexualmente transmissíveis, embora nunca tivesse pensado muito a respeito disso. Quero dizer, eu sempre faço sexo seguro – ou pelo menos achava que fazia – e não pensava que teria de ir a um lugar desses, apesar de saber que eles existiam. Contudo, tive vergonha de ir ao meu médico de sempre e lhe mostrar os pontos vermelhos e doloridos no meu pau que tinham aparecido pouco antes do fim de semana, acabando com qualquer chance de eu sair e transar com alguém! Portanto, antes de ir para o trabalho na segunda-feira, tinha ligado para o serviço de informações e pego o endereço para vir aqui.

Evidentemente eu não era a única bicha ali, apesar de haver vários heteros, tanto homens quanto mulheres aguardando. Tive medo de encontrar alguém da minha academia e fiquei aliviado por ser poupado de tal humilhação. Imaginei que cada um de nós ali tinha passado o fim de semana, examinando dolorosamente os respectivos paus e vaginas, contando os dias e as horas até a clínica abrir – sem mencionar o fato de perder estes dias de verão. Fiquei imaginando se algum dos homens dali tinha alugado uma casa de praia, e como deveria estar zangado com o celibato compulsório durante o seu fim de semana caro, em vez de mandar ver em meio às dunas.

Pelo menos, eu esperava que eles tivessem guardado celibato, já que estavam aqui por causa de alguma doença sexualmente transmissível. Era óbvio, porém, que as pessoas não sentiam esta obrigação moral, uma vez que eu mesmo estava aqui uma semana depois de ter ido para um clube de campo e farreado com alguns rapazes. Todos os caras com quem eu fiz sexo naquela noite pareciam saudáveis e limpos, sem nenhuma ferida no pinto como as que eu tinha agora. Isso, contudo, conforme eu acabara de ler nos panfletos em espanhol e em inglês espalhados pela sala de espera a respeito de doenças sexualmente transmissíveis, não significava nada. Até mesmo ser chupado por alguém poderia ser considerado um risco. Ou não, dependia.

Fiquei me perguntando qual dos caras ao meu redor tinha pego alguma coisa durante o fim de semana, e que coisas perigosas eles haviam feito para se infectar com o que quer que fosse...

Numa cadeira, duas filas à frente da minha, estava um homem de camiseta regata e short bege. Ele era baixo e troncudão, todo coberto de pêlo preto encaracolado. Achei que era do tipo que gostava de sexo porco. Aquele tipo que muda de posição quando está te comendo, descobre que a camisinha suja de merda manchou o lençol e simplesmente dá de ombros e diz: "Acontece". O tipo que sua muito quando fica excitado e gosta do cheiro de suor, gosta de lamber a sua axila, especialmente se você for do tipo que sente cócegas e se contorce. O tipo que usa um monte de lubrificante, que quer que você esfregue a sua porra nos pêlos do peito dele quando vocês estão deitados juntos depois de uma sessão exaustiva de sexo.

Tentei imaginar o que ele tinha. Ele me pareceu do tipo que topava lamber o cu de qualquer um sem pensar duas vezes.

Ele não era nem de longe o meu tipo. Não conseguia me imaginar fazendo sexo com ele, apesar de parecer que estava sempre disposto, como um bode no cio. Ficou me olhando como se esperasse que nós dois nos enfiássemos numa daquelas salas de exame e transássemos, sem nos importarmos com os problemas que nos haviam levado até lá.

O cara sentado à minha direita fazia mais o meu tipo, loiro com cara de bom aluno, corpo bem definido – bíceps bem avantajados despontando das mangas de sua pólo azul bebê – mas esbelto. Ele tinha um desses sorrisos de parar o trânsito. Eu não podia vê-la, mas imaginei que tivesse uma bela bunda redondinha. Era um rapaz que se podia levar para a casa dos pais, que lhe traria uma rosa de cabo longo no seu segundo encontro, e que, embora gostasse de jantares românticos, não ia insistir em conhecê-lo melhor antes de fazer sexo com você. Eu o imaginei deitado na cama de seus pais, em sua casa de veraneio, onde estávamos para passar o fim de semana. Ele deitado de costas, nu, e eu afastando as suas pernas, para ter a visão de sua linda bunda e de seu cuzinho rosa onde eu estaria prestes a mergulhar a minha pica coberta pela camisinha... Eu quase ri alto, de tão ridículo – até mesmo nas minhas fantasias eu fazia sexo seguro! Era tão injusto eu ter que estar aqui. Eu odiava que o sexo tivesse se transformado nessa roleta russa. Meu pau estava duro por causa das minhas fantasias, o que fez as feridas doerem ainda mais, já que as casquinhas se romperam. Desejei ter nascido algumas gerações antes e vivido os dias tranqüilos dos anos setenta, livre para galinhar o quanto bem entendesse, sem medo.

    O jovem médico latino chegou e todo mundo se voltou na sua direção. Ele era definitivamente o meu tipo. Eu teria baixado as minhas calças para ele com prazer, pensei, para então me dar conta de que era exatamente isso o que iria fazer em breve. Ele chamou um número. O baixinho peludo levantou e o seguiu.

    Quando olhei para trás, o jovem loiro estava olhando para mim, e eu lhe sorri. Ele sorriu de volta. Me perguntei se poderíamos trocar nossos números de telefone, mas então imaginei-me ligando para ele e explicando onde nós tínhamos nos conhecido... parecia fadado ao fracasso desde o começo. Apesar de que, se tivéssemos pego a mesma coisa, seria mais fácil... Mas o que diríamos às outras pessoas? Conheço casais que se conheceram na sauna, mas isso envolvia uma exposição excessiva...

Mesmo assim, peguei um dos panfletos a respeito de herpes (já que eu tinha praticamente certeza de que era isso que eu tinha) e escrevi: "Você é bonito. Ligue para mim – daqui a algumas semanas" junto com o número do meu telefone. Quando a mulher alta e negra chamou o meu número, deixei o panfleto cair no seu colo e fui recompensado com um dos seus sorrisos de tirar o fôlego.

Comida e desejo

Meu pau ficou duro no momento em que Érica me pediu para lhe passar o liqüidificador. Eu estava no seu apartamento, ajudando-a preparar três pratos para um jantar festivo para alguns amigos nossos. Ajuda que consistia basicamente em assistir a ela trabalhando a maior parte do tempo e ocasionalmente lhe passar o item de que ela precisava, ou provar alguma coisa e outras tarefas ingratas como descascar batatas ou cortar cebolas. Algumas pessoas têm mão ruim para plantas, a minha é ruim para a cozinha Se o meu namorado não fosse tão bom cozinheiro, eu já teria morrido de fome há anos. É claro que esta era uma das razões pelas quais eu me casara com ele. Minhas duas maiores paixões são o sexo e a comida, e Robert é excelente em ambas.

Quando Érica me pediu aquele utensílio, que ainda não havia notado na prateleira ao meu lado, eu não consegui me segurar. A lembrança daquela noite em que Robert e eu fizemos sexo pela primeira vez com a participação do liqüidificador ainda estava nítida na minha lembrança e entranhada na minha libido.

Robert tinha visitado a sua avó naquela tarde, e ela havia lhe dado um vale de uma determinada loja que ela vinha guardando na bolsa sem nunca ter usado. Ele estava quase perdendo a validade, portanto, era preciso usá-lo ainda naquela tarde. Robert não perdeu tempo. Foi correndo para a loja e voltou para casa com o liqüidificador. Ele queria testá-lo imediatamente, por isso eu o segui até a cozinha.

Eu adoro ver Robert cozinhar. Fico fascinado de ver qualquer pessoa preparando comida – os programas de culinária surtem o mesmo efeito em mim que os filmes pornôs –, mas eu gostava de ver Robert em ação especialmente quando ele estava preparando alguma coisa para eu comer. Esta coisa íntima de cuidado misturada com o desejo que Robert me inspira sempre me deixa de pinto duro, e aquela noite em que ele estava montando o seu novo brinquedo não foi uma exceção. Estava tão visivelmente animado com a novidade que me deixou excitado também e com o pau em estado de alerta. Eu me coloquei atrás dele e comecei a roçar o meu ventre contra a sua bunda enquanto ele lia as instruções.

O meu cacete é uma das poucas coisas que consegue desviar a atenção de Robert da cozinha. É algo com que eu tenho de ter cuidado, pois houve uma vez em que o distraí excessivamente enquanto o forno estava aceso e o resultado foi um jantar queimado.

Mas Robert ainda não tinha nem ligado a sua nova máquina, por isso eu estava seguro.

Ele se virou para ficar de frente para mim e começamos a nos beijar. Abriu os botões da minha camisa, desceu pelo meu peito para fungar no meu mamilo direito, brincando com meu pequeno piercing de prata. Suas mãos tinham descido para acariciar o meu ventre e ele estava abrindo o zíper do meu jeans enquanto me agarrava. Ele se ajoelhou na minha frente e pressionou a sua boca, seu hálito úmido atravessando o algodão das minhas cuecas. Puxou o meu jeans até os tornozelos enquanto me abocanhava por cima do tecido e então baixou também a minha cueca. Meu pau pulou para fora em liberdade e Robert esfregou o seu rosto nele, lambendo as minhas bolas e abrindo caminho lentamente pela base do meu caralho.

Eu apoiei os braços no balcão quando os seus lábios se fecharam ao redor do meu pau e deslizaram para cima e para baixo. Comecei a jogar os meus quadris para a frente e para trás, empurrando o meu mastro para dentro da sua boca.

Eu estava olhando para as partes do liqüidificador do outro lado da bancada enquanto ele me chupava. A imagem das lâminas girando parecia traduzir a sensação que assaltava as minhas entranhas enquanto sua língua e seus lábios faziam mágica com meu caralho.

Subitamente o meu pinto saltou para a liberdade e Robert se ergueu. Eu achei que ele estava querendo um pouco de reciprocidade, mas em vez disso ele se virou e voltou a trabalhar com o liqüidificador.

Fiquei ofendido.

Tirei o meu jeans e as cuecas, deixando-os em um montinho atrás dele. A cozinha era o domínio de Robert e eu costumava ser cuidadoso para não bagunçá-la. Mas eu estava puto. Arranquei a minha camisa e a joguei no alto da prateleira onde ficavam as louças.

– Vou assistir a um filme pornô e me masturbar – eu disse.

Até mesmo eu estava me achando petulante.

– Eu ainda não acabei com você – disse Robert, sem desviar a atenção de seu novo brinquedo.

– Não é o que parece.

– Você vai ver. Tome – disse ele, pegando uma banana na bacia de frutas sobre a geladeira e estendendo-a para mim.

– O que é isso? Alguma espécie de substituto enquanto você se diverte com o seu novo brinquedinho?

Robert virou-se finalmente para mim e disse:

– Você está um saco hoje. Descasque a banana e confie em mim.

Massageei o meu cacete ainda molhado com a sua saliva e lancei um olhar penetrante para as suas costas. Eu sabia que estava bancando a fresquinha, mas odiava ser ignorado. Era pura idiotice, estava me comportando como um namoradinho ciumento quando tudo o que ele estava fazendo era tentar montar o seu novo apetrecho. Suspirei e descasquei a banana que ele havia me dado. Dei uma mordida nela, uma última atitude rebelde, e com a boca ainda cheia disse:

— Tome.

— Obrigado — disse Robert, tomando a banana de mim.

Ele a enfiou no copo do aparelho e então o ligou na tomada.

— Preparado? — ele perguntou, fechando a tampa.

Eu voltei a me colocar atrás dele, perdoando-o, compartilhando com ele este momento de alegria.

— Claro — eu disse. — Não percebe o quanto estou pronto? — perguntei, esfregando a minha pica na sua bunda enquanto olhava por cima do seu ombro.

Robert ligou o liqüidificador e a banana foi rapidamente transformada num purê pelas lâminas afiadas do aparelho.

"Grande coisa", pensei. Agarrei os quadris de Robert e grudei o meu ventre nele.

— Isso foi mais divertido do que isso aqui?

— Você tem tão pouca imaginação — ele reclamou.

Levantou a tampa do liqüidificador e segurou o copo na minha frente.

Às vezes eu me pergunto como é que eu fui me casar com você — ele disse, trocando de lugar para me pressionar contra o balcão em frente ao qual ele estivera de pé –, mas então eu me lembro.

Robert ajoelhou-se à minha frente, ainda com o liqüidificador nas mãos. Ele despejou todo o purê de banana sobre o meu bráulio, virilha e coxas.

— Oh — eu disse — deixando a vogal passar do tom de surpresa para o de prazer enquanto o creme viscoso tocava o meu corpo e Robert colocava o liqüidificador no chão e lambia o purê da minha pele.

— Mmmm — murmurei enquanto ele lambia a parte interna da minha coxa.

— Você deveria sentir este gostinho aqui – disse Robert –
Mmm mesmo.
Eu ri e depois experimentei a mesma coisa nele. Nós usamos a maior parte das frutas que estavam na cesta aquela noite, fazendo purês de frutas em separado e combinações – kiwi e maçã, morango e pêra, para depois sorver a polpa suculenta dos corpos um do outro.

Desde então, o som de um liqüidificador, ou às vezes a simples lembrança de um, me deixa de pau duro.

Eu devia estar andando de um jeito muito engraçado quando atravessei a sala com o liqüidificador nas mãos, tentando ajeitar o meu cacete dentro do jeans, que parecia repentinamente apertado demais. Erica percebeu o que estava acontecendo e olhou para baixo.

— Cara ! – ela exclamou. – Você não consegue se segurar? O pessoal vai chegar daqui a quinze minutos. Não dá tempo de você gozar antes de eles chegarem. Vá botar a mesa e acalme-se!

Eu ri e disse:

— É uma longa história.

— Então você me conta uma outra hora. Use a toalha de mesa que está na gaveta de cima.

Entrei na sala de jantar para pôr a mesa tentando ignorar o zumbido do liqüidificador que estava deixando o meu pau duro como pedra.

Verão espanhol

Estava sentado no banco de uma praça que ficava no começo da estrada que percorria a montanha de Alhambra quando um homem sentou ao meu lado. A subida até o castelo mouro vermelho era longa e eu estava com preguiça. A caminhada pela cidade tinha me deixado exausto, mais pelo calor do que pelo esforço em si. O calor era o motivo pelo qual eu estava ali. Alhambra era o lugar mais fresco da cidade por causa dos parques aquáticos de Generalife. A montanha estava totalmente coberta de folhagem, irrigada pelas incontáveis fontes e piscinas naturais.

Olhei para o homem que sentara ao meu lado e me dei conta de que ele estava olhando para mim. Ele sustentou o meu olhar corajosamente e sorriu, e eu de repente compreendi o que estava acontecendo e quase ri. O calor tinha afastado de minha mente quase todos os pensamentos não relacionados a encontrar um lugar fresco, e já fazia muito tempo que eu não era paquerado – pelo menos por um homem. A Espanha, e em especial Granada, tinha uma cultura meticulosamente baseada na heterossexualidade, a ponto de influenciar a própria língua com os seus sufixos masculinos e femininos para as palavras. A família com a qual eu estava morando e todos os meus professores e amigos estudantes eram homofóbicos assumidos, por isso eu tinha que ser muito cuidadoso com o que dizia perto deles.

Mas agora parecia que eu tinha esbarrado num outro gay – ou melhor, eu tinha me sentado lá e deixado ele esbarrar em mim. Olhei ao nosso redor perguntando-me se alguém tinha percebido a nossa rápida interação. Desviei o meu olhar, sabendo porém que já havia decidido ir com ele para casa, ou para onde quer que fosse – já fazia muito tempo que eu não sabia o que era o pau de um outro homem, meus dedos coçavam na ânsia de segurá-lo, minha boca e bunda o desejavam, mesmo que ele não fosse exatamente o tipo que eu normalmente acharia atraente. Eu me lembrei de que havia um hotel atrás de nós, e foi aí que me caiu a ficha – aquele devia ser um ponto de paquera de bichas. Era um lugar onde passavam muitos estrangeiros, já que quase todo mundo que vinha para a cidade fazia uma excursão até Alhambra, e isso incluía, é claro, os turistas gays.

Eu estava passando parte do verão nessa cidade, por isso não me sentia como um destes turistas, embora muitas vezes me comportasse como um deles. A Europa seduz os universitários que a visitam, com bilhetes especiais que dão direito a ilimitadas viagens de trem, albergues por todos os cantos, sem mencionar a nossa própria sede de viajar. É quase impossível resistir a esse canto de sereia – não importa o quão apertado seja o seu orçamento, sempre se dá um jeito –, por isso não resisti. Eu tinha me inscrito num programa de seis semanas na Universidade de Granada para o verão do ano anterior à minha formatura na faculdade. Eu ficaria dois meses em Andaluzia, rodeado por espanhóis maravilhosos e então passaria o último mês viajando, com o meu guia *Spartacus* nas mãos, para onde quer que o meu desejo me levasse.

Este tinha sido o plano. Fora somente quando chegara aqui que eu percebera que não era tão fácil encontrar espanhóis receptivos à idéia de dormir com um outro homem, e mais ainda um que se autodenominasse gay. Até mesmo as bichas mais extravagantes – a quem eu só via quando estava com heterossexuais, não podendo portanto paquerá-las nem pedir informações a respeito de onde encontrar outros homens – eram enrustidas.

Era a primeira vez que eu viajava sozinho. Eu já tinha viajado com a minha família pelos EUA e até mesmo pela Europa duas vezes – para a Grécia quando tinha treze e para a Inglaterra e Escócia quando eu tinha quinze anos. Mas viajar sozinho seria bem diferente. Durante meses eu havia tido os sonhos mais intensos do mundo com os vários encontros que eu iria ter com homens lindos, exóticos e tesudos, seduzindo-me com aqueles olhos escuros e sotaque melodioso, uma mistura de romance e desejo carnal em estado bruto. Nós nos beijaríamos no crepúsculo em parques desertos, nos agarraríamos sob esculturas imensas e faríamos sexo em seus apartamentos, tarde da noite, para acordar e passar dia inteiro sentados nos cafés das calçadas bebendo e fumando.

Eu sabia que as coisas não seriam assim tão simples, que isso tudo era fantasia, o mito da Europa difundido pelo cinema e pelos livros e não o verdadeiro continente que eu realmente encontraria. Mas eu não esperava ficar assim tão isolado, mais por ser gay do que por ser estrangeiro. Eu era completamente estranho àquela heterossexualidade tão furiosa e ansiava pela confortável cultura gay da minha vida universitária, todos nós repletos de fúria e rebeldia jovem, nossos grupos de apoio e nossos bailes mensais. O meu espanhol não era suficientemente bom para ler as publicações gays – se é que havia alguma – e eu não podia deixar de pensar como tinha sorte de viver em Nova Iorque, com três jornais semanais gays distribuídos gratuitamente nos bares e aquele monte de revistas gays disponíveis praticamente em todas as bancas. Levei dias para encontrar um quiosque que vendia o equivalente espanhol de pornografia gay, e ainda hesitei por mais dois dias antes de sair no final da tarde com a minha mochila e caminhar decidido até o outro lado da rua para comprar um exemplar. Não me atrevi a folheá-la como teria feito nos EUA, talvez um pouco nervoso por poder ser visto pelos meus amigos. Enfiei a revista na minha mochila e fui embora correndo. Eu não podia ir direto para casa, por isso rodei por toda Granada, fingindo admirar a vista apesar de não me lembrar de absolutamente nada. Para todo lugar que olhava eu via, sobreposta, a imagem do modelo da capa da revista, sumariamente vestido.

Enquanto vagava pela cidade, eu me perguntava o que conteriam aquelas páginas. Eu tinha uma forte suspeita de que a revista era uma água com açúcar das boas – fotos de homens sozinhos posando nus com as mãos bem distantes de suas meias ereções, fazendo cara de quem está gozando e certamente nada com um outro homem em cena. Mas àquela altura eu estava tão desesperado para ver um cacete, duro ou mole, circuncidado ou não, que aquilo pouco me importava.

Eu me sentei num restaurante, apesar de estar tão nervoso com a possibilidade de ser descoberto com a revista pornô e a chance de finalmente lê-la e tirar minha fome. Como eu queria usar o banheiro, isso significava pedir alguma coisa.

– Churros e chocolate – eu disse ao garçom, quando ele finalmente chegou.

Enquanto ele foi fazer o pedido, peguei a minha mochila e fui para o banheiro, trancando a porta atrás de mim.

Enfim só!

Sentei-me na privada e abri a minha mochila. A revista chamava-se *Macho* e eu rasguei avidamente o plástico que impedia que curiosos dessem uma olhada nela gratuitamente. Eu já estava de pinto duro dentro dos jeans antes mesmo de abrir a revista. Desabotoei a braguilha com uma mão enquanto folheava a revista no meu colo. Lá estava: carne nua! Rapazes mediterrâneos de pele morena como aqueles com quem eu havia sonhado, com longas picas, despontando das dobras escuras de seus prepúcios. Eu gozei por todas as páginas em menos de um minuto, de tão excitado que estava devido às longas semanas fantasiando sem nenhuma privacidade ou fonte de alívio. Folheei a revista toda, memorizando todos os corpos nus, e a deixei no banheiro, com medo de que ela pudesse ser encontrada pela família que estava me hospedando quando fossem limpar o meu quarto. Um pouco caro para uma punheta rápida, mas valera cada peseta. Aquele corpos nus preencheram as minhas fantasias e sonhos diurnos por muitos dias a partir dali.

Mas agora, finalmente, eu faria sexo com um outro homem novamente, não apenas em fantasia. Eu não tinha vocabulário suficiente para encaminhar a paquera com o cara sentado ao meu lado, mas ele já tinha entendido que eu iria com ele. Tentei despi-lo mentalmente enquanto caminhávamos pelas ruas que me eram meio familiares, mas a minha mente continuava voltando à imagem do modelo da capa da *Macho*, a curva do seu cacete erguendo-se na direção do seu umbigo, as bolas escuras pendendo logo abaixo, escondidas por pêlos encaracolados.

O homem que eu estava seguindo tinha os seus quarenta e poucos anos, eu imaginava. Não era de se jogar fora, mas não fazia exatamente o meu tipo. Ele aparentava a idade, sendo um pouco gordo, apesar de exibir músculos desenvolvidos por algum trabalho braçal. Eu não falava suficientemente bem a língua para saber de onde ele era pelo seu sotaque, só tinha certeza de que era de Andaluzia por causa daquele jeito característico de engolir o final das palavras, dificultando ainda mais a minha compreensão.

Mas conseguimos nos entender. Ele tentou fingir um mínimo de civilidade quando chegamos ao seu apartamento, embora não houvesse nenhuma sinceridade na sua oferta de uma bebida e na tentativa de um papinho furado; o que nós dois queríamos era cair dentro imediatamente. Ele se sentou muito perto de mim, mas só consegui compreender um terço do que ele dizia, portanto para calar a sua boca e fazer as coisas avançarem eu me inclinei e o beijei na boca. Ele se retraiu um pouco e se afastou, porém logo depois começou a me beijar com uma violência e um fervor que me surpreenderam. Suas mãos estavam de repente por todo o meu corpo, pressionando o meu cacete, arranhando as minhas costas. Meu caralho duro se agitava sob a minha roupa.

Eu estendi a mão e toquei no seu mastro, sentindo o seu tamanho. Meus dedos se curvaram ao redor do eixo do seu sexo e foi como se a minha mão estivesse atingindo o orgasmo, os próprios músculos extasiados por voltar a sentir um órgão masculino. Com a outra mão comecei a abrir a minha braguilha, achando que nós íamos fazer sexo ali mesmo no sofá, mas ele me deteve. Era um cara tradicional, ao que parecia, e queria ir para o quarto. Ele não queria saber de preliminares, simplesmente começou a tirar a sua própria roupa. Eu sempre achei muito excitante fazer sexo parcialmente vestido e tirar a roupa do parceiro lenta e provocadoramente, mas ele se despiu de uma vez só, até as meias. Não era fresco com as suas roupas como algumas bichas com quem eu havia transado, que tinham que dobrar tudo direitinho e até pendurar as coisas de volta no armário antes de cair na cama, meter-se embaixo das cobertas e esperar que eu tirasse as minhas roupas sozinho.

Eu o observei enquanto ele se despia, bancando o *voyeur*, já que me seria negado o prazer de despi-lo. Foi um show muito curto, mas o meu pinto negligenciado permaneceu o tempo todo ardente. Seu corpo não era nada especial, quase exatamente como eu o tinha imaginado, mas estava nu e na minha frente, e isso era maravilhoso. Seu pinto era uma surpresa agradabilíssima – mais curta, porém mais grossa do que eu havia imaginado. Pensei em chupá-lo enquanto tirava as minhas roupas e comecei a ficar com água na boca ao imaginar o sabor da carne da sua pica, seu peso e solidez entre os meus lábios.

Ele ergueu as cobertas e eu me deitei ao seu lado. Ele me cobriu inteiro, beijando-me rudemente no pescoço e no peito, seus pêlos roçando a minha pele nua, seus braços apertando a minha bunda, seu sexo pressionando a minha barriga enquanto ele enroscava as pernas em volta de mim, apertando-me contra o seu corpo. Eu me senti meio sufocado mas cedi, sentindo-me rodeado por sua masculinidade. Era desagradável, mas ainda assim eu desejava cada minuto daquilo.

Eu o afastei o suficiente para retomar o fôlego e assumir o controle da situação. Eu queria o seu caralho, por isso o virei de costas e comecei a lamber os seus mamilos. Ele empurrou a minha cabeça na direção do seu sexo e fui abrindo caminho com a língua pela trilha de pêlos que levava até lá, provocando-o. Ele não pareceu compreender e continuou empurrando a minha cabeça com mais força ainda em direção ao seu caralho, erguendo-o até a minha boca com a sua outra mão. Chega de preliminares, eu percebi, e caí de boca nele imediatamente, metendo a cabecinha entre os meus lábios e baixando até ele. Eu bombei um pouco para cima e para baixo e então mudei um pouco de posição para lamber o eixo e as bolas. Agarrou o meu cabelo e me empurrou de volta para o seu membro, arqueando os quadris para que pudesse empurrá-lo para dentro da minha boca.

Muito bem, nada de sofisticação, só a pura hidráulica do sexo. Mesmo assim quase entrei em transe só de chupá-lo, de tão focado que eu estava naquela pica deslizando para dentro e para fora da minha boca. Não pensei em mais nada – só naquele órgão carnudo palpitando entre os meus lábios, na sensação da sua cabecinha deslizando na minha língua e as cócegas que os seus pentelhos faziam nos meus lábios e no meu queixo – por isso fiquei surpreso quando senti os seus lábios em torno do meu próprio caralho. Ele tinha se virado na cama de modo a nos engatar num 69 e eu diminuí o meu ritmo para me ajustar ao seu. (Ele não estava prestando atenção ao meu.) Sua boca era quente e úmida, mas àquela altura eu estava tão concentrado no pinto que provavelmente teria gozado sem que ele me tocasse.

De repente, ele enfiou um dedo lubrificado de saliva na minha bunda. Eu não tinha nem percebido que ele tinha parado de me chupar, mas relaxei ao sentir seu dedo, joguei a minha bunda um pouco mais para cima e continuei batalhando no seu caralho. Logo ele enfiou um segundo dedo dentro de mim e eu comecei a empurrar o meu corpo para trás contra a sua mão enquanto deslizava os meus lábios para cima e para baixo pelo seu membro. Ele enfiou um terceiro dedo para dentro de mim e começou a dizer que queria me foder. Eu lhe pedi que colocasse uma camisinha. Ele disse que não tinha nenhuma, por isso neguei o seu pedido. Tentou me convencer do contrário, mas recusei. Ele ficou desapontado, jogou a minha cara no seu trabuco e arqueou os quadris para cima para foder o meu rosto.

A sua brincadeira com os dedos tinha me até levado perto do orgasmo. Lambi uma palma e comecei a me masturbar enquanto chupava o seu cacete. Deslizei a minha língua entre o seu prepúcio e a cabecinha, sentindo o seu gosto forte, e então tomei a sua pica inteira na minha garganta até o ponto máximo que consegui, chupando como se pudesse arrancar toda a porra de dentro dela. Enquanto passava os meus lábios pelo seu sexo eu jorrava porra nas suas pernas e lençóis. Meus lábios se trancaram ao redor do seu instrumento grosso até eu terminar de gozar, e então minha boca começou a bombar novamente. Logo senti as suas bolas se enrijecerem, prestes a explodir, e me afastei para tocar uma punheta para ele. Ele tentou empurrar a minha cabeça em direção ao seu pau, mas eu continuei tocando para ele com uma mão. Pouco depois esporrou pela sua barriga. Ele não tinha muito alcance, mas compensava com volume, o líquido branco tendo ensopado os pêlos escuros da sua barriga.

Assim que o sexo acabou e ele recuperou o fôlego, pulou da cama e começou a se vestir. Não se limpou nem nada, só jogou tudo por cima da porra mesmo, ensopando a sua camisa, deixando uma mancha muito grande. Ele estava tentando fazer de conta que nada tinha acontecido, apesar de continuar me convidando para voltar, contando que tinha vídeos pornôs americanos, caso quiséssemos assistir a um. Eu lhe agradeci muito, mas disse que precisava ir embora. A sua falta de sofisticação fez a coisa toda parecer um tanto quanto suja, mas evitei pensar nisso.

Ele anotou o seu telefone e endereço em um papel e eu o enfiei na minha mochila quando fui embora, apesar de duvidar de que ligaria para ele. Eu tinha precisado dele naquele momento, e talvez voltasse a precisar, mas agora já sabia onde encontrar homens.

A cidade estava mais quente do que nunca, mas caminhei pelas ruas sem me importar. Eu estava nas nuvens por causa do sexo, ainda sentindo o gosto de pica na minha boca, e isso bastava para me fazer esquecer todo o resto.

Caminhei pela praça aos pés de Alhambra e voltei a me sentar num banco na frente do hotel. Era quase uma da tarde. Com certeza haveria uma nova onda de turistas depois do almoço. Meu cacete já estava começando a endurecer nas minhas calças enquanto eu esperava.

Assim que a *siesta* acabasse, eu compraria uma caixa de camisinhas.

Quando o gato sai...

Meu namorado estava passando duas semanas em Los Angeles numa viagem de negócios. Era quarta-feira da primeira semana e eu estava desesperadamente sozinho, sentindo sua falta e louco de tesão.

Nós morávamos juntos, e apesar de não transarmos todos os dias, tínhamos sempre algum tipo de intimidade, aquela coisa caseira de assistir ao jornal abraçadinhos, roçar um no outro na cama que compartilhávamos, e até mesmo o simples fato de sabermos que o outro está debaixo do mesmo teto. Com a sua ausência eu me dei conta do quanto sentia falta de recolher as suas coisas espalhadas pela casa, pois elas eram a prova de que ele estava ou tinha passado por aqui, ainda que eu não o estivesse vendo naquele exato momento. Kevin estava há poucos dias em Los Angeles e eu há muito já havia limpado todos os vestígios de sua presença. As suas coisas ainda estavam aqui, é claro, só que em seu devido lugar – onde eu as havia colocado, pois Kevin era completamente descuidado com o seu espaço –, e eu sentia falta da bagunça que mostrava a sua presença, como encontrar um pedaço de fio dental boiando na privada, esperando por uma descarga para ser mandado para bem longe.

Eu não sentia falta apenas da sua presença e do seu companheirismo constante. Sentia falta do seu corpo. De acordar ao seu lado e sentir o seu tesão de manhã cedo pressionando a minha coxa. Sentia falta de acordar antes dele e puxar os lençóis para abrir caminho com a minha língua pela sua barriga lisa até o pau, louco por alívio, e chupá-lo até ele acordar. De vez em quando, após sorver a porra, eu mantinha o seu cacete na minha boca enquanto ele amolecia, e não o soltava até que esvaziasse a sua bexiga na minha garganta, enxaguando o sabor doce de sua porra com a água salgada do seu mijo.

Seu corpo estava sempre presente. Ele gostava de tirar a roupa e ficar só de camiseta quando voltava do trabalho, deixando o terno, a camisa e a gravata jogados no sofá ou no chão – onde quer que tivessem caído. Ele tirava até a sua roupa de baixo, cuecas infantis fora de moda que gostava de usar, apesar de com certeza não ser mais um menino. O seu pau grosso e longo eram a prova disso. Pau que eu observava furtivamente durante toda a noite, enquanto ele pendia para baixo, aparecendo sob a barra da camiseta fina, quase transparente de tão velha. Eu nunca me cansava dele, de olhá-lo e senti-lo, mesmo depois de quatro anos morando juntos.

Com o passar do tempo, nós, como parece acontecer com todos os casais que passam a morar juntos, deixamos de transar o tempo todo, permitindo que a tensão, a pressão e o desejo de um pelo outro aumentasse para tornar o sexo mais intenso. Vê-lo assim zanzando à vontade pelo apartamento, despreocupado com a sua nudez, sempre fazia minhas bolas arderem de desejo. Kevin é uma pessoa que se sente completamente à vontade com o próprio corpo, uma das qualidades que acho mais atraentes nele. Ele tem um corpo bem talhado, liso e esbelto, desenvolvido durante os anos em que foi corredor da sua escola e depois malhado por exercícios constantes na academia, mas eu conhecia um monte de caras que tinham corpos tão perfeitos quanto o dele sem a sua naturalidade, nem consigo mesmos nem com a sua sexualidade. Eu com certeza não tinha nem de longe este tipo de segurança, apesar de me sentir à vontade quando ficava nu com ele, situação, aliás, que eu tentava criar sempre que possível. Desse modo, o sexo entre nós podia acontecer a qualquer hora do dia ou da noite, em qualquer aposento da casa. Agora eu estava passando todas as noites sozinho no sofá, querendo senti-lo deitado ao meu lado, sem ver patavinas do noticiário apesar de estar olhando para a tv, só revendo imagens de nós dois transando.

Certa noite, Kevin estava no fogão, passando algumas cebolas e outros legumes na manteiga para um molho. Cheguei por trás, apalpei as suas nádegas e corri os dedos pela camada de pêlos curtos e grossos que as cobriam. Eu me agachei e pressionei o rosto contra o seu rego, inalando o leve odor do suor que o cobria devido ao calor do fogão. Usei minhas mãos para afastar as suas nádegas e meti a língua, lambendo-a de cima a baixo, serpenteando sobre o botãozinho sensível do seu cu, deixando tudo bem molhadinho antes de estreitar a mira. Sua bunda se contraiu involuntariamente quando encontrei o caminho de casa, lançando-o de encontro ao fogão.

– Cuidado com o fogo – murmurei com o rosto colado na sua pele, embora não tenha certeza de que ele tenha me ouvido.

Minha língua voltou a atacar o seu buraquinho, entrando cada vez mais fundo à medida que seus músculos relaxavam com o prazer.

– Mmmm – ele gemeu, pressionando todo o seu corpo contra a minha língua como se estivesse tentando espetar-se nela.

Depois de provocá-lo por algum tempo, levantei e estendi a mão para alcançar o jarro de azeite de oliva. Derramei um pouco sobre o meu pau, que estava em posição de sentido desde a hora em que eu havia visto as suas nádegas nuas chamando por mim enquanto ele cozinhava. Pressionei o meu caralho besuntado contra a sua bunda, esfregando-o para a frente e para trás ao longo do seu rego e sobre o seu cu, espalhando o azeite. Kevin abaixou o fogo dos legumes e continuou a mexê-los enquanto se inclinava para a frente, empinando a bunda para mim. Fiz mira e deslizei para dentro dele, empurrando-o até que meu cacete desaparecesse. Ficamos parados assim por um longo tempo, Kevin me prendendo com os músculos de sua bunda. Então ele diminuiu a força que estava fazendo e comecei a sair de dentro dele, devagarinho, quase sem me mexer, de maneira a deixá-lo consciente de cada centímetro do meu pau e de cada movimento da minha parte, consciente do vazio que estava deixando e do desejo de que eu o preenchesse novamente.

O que, é claro, eu fiz. Em pouco tempo Kevin estava agarrado à beirada do fogão para se equilibrar enquanto eu bombava para dentro e para fora, rápido e com força. Algumas vezes, quase saía e apenas o tocava com a glande inchada do meu pau, deixando o seu esfíncter excitar a minha cabecinha escorregadia e sensível. Depois simplesmente entrava de novo, chegando o mais fundo que ele agüentava até nos tornarmos um único ser, meu peito pressionando as suas costas, nossos corpos escorregadios pelo suor da trepada e o calor do fogão. Meu caralho ficou todo dentro dele, e eu me senti feliz em deixá-lo lá, sem movimentos bruscos nem fricções, só os músculos firmes de sua bunda abraçando o meu membro. Agarrei o seu pau com uma mão, apertando-o bem, e esfreguei suas bolas com a outra mão. Nossos quadris estavam unidos num balanço lento e suave que me provocou uma excitação totalmente diferente daquela obtida com os empurrões rápidos.

Senti as bolas de Kevin endurecerem e agarrei o seu sexo com mais força, massageando-o em toda a sua extensão. Serpenteei a minha outra mão por baixo de suas bolas, que tinham se erguido até se aninharem uma de cada lado do seu pau. Eu estava na ponta dos pés, mudando a minha posição dentro do seu corpo, como se fosse erguê-lo do chão com o meu pinto. Isso fez com que ele chegasse ao seu ápice. Começou a gozar. O primeiro jorro fez uma curva e alcançou o fogão com um chiado. Puxei o seu cacete e o apontei para o chão, para longe das chamas perigosas. O fato é que ouvir a sua porra chiando, sentir o cheiro do seu sêmen misturado aos aromas do jantar e as pulsações de sua bunda enquanto ele gozava me fez chegar ao orgasmo também. Descarreguei todo o conteúdo de minhas bolas dentro de Kevin, jatos longos e deliciosos do meu sêmen no seu corpo.

– Isso foi muito gostoso – disse Kevin, virando a cabeça para me beijar, com minha pica ainda dentro dele.

Ele então se afastou de mim, virou-se completamente, beijou-me novamente e me mandou pedir alguma coisa para comer pelo telefone. O jantar havia queimado durante a nossa trepada. A coisa tinha sido quente!

Como eu queria que Kevin estivesse aqui agora! Desliguei a televisão. Eu estava me apalpando languidamente por cima do moleton. Sem Kevin e o estímulo de sua nudez, eu havia voltado a usar roupas largas em casa.

Eu me levantei, meu pau endurecendo dentro do moleton. Não havia dúvidas sobre o que eu faria agora, com ou sem Kevin. Mas eu estava cansado de me masturbar. Eu vinha fazendo isso umas duas ou três vezes por dia desde que meu namorado tinha ido viajar. Agora eu queria me ligar a um outro corpo de verdade.

Quando decidimos morar juntos, firmando a nossa relação, nós estabelecemos certas regras básicas. Era permitido fazer sexo fora da relação – mas com cuidado. Precisávamos praticar sempre sexo seguro, nada de chupar alguém sem camisinha, ainda que o sexo oral desprotegido fosse considerado de muito pouco risco. Nós tínhamos feito testes de aids e obtido resultados negativos antes de morarmos juntos, o que repetimos seis meses depois, e estas regras básicas eram a nossa maneira de estabelecer e manter a confiança que nos permitia fazer sexo um com o outro sem proteção.

Caso fizéssemos sexo fora da relação, teríamos que contar para o outro, na mesma hora, especialmente se tivéssemos cometido um deslize e feito algo perigoso. Era um assunto delicado, mas necessário.

Certa vez eu não consegui me segurar. Eu estava na sacanagem com um cara e ele enfiou o pinto na minha bunda de repente. Aquilo foi tão gostoso que eu não o fiz parar. Não deixei que ele gozasse dentro de mim, é claro, mas mesmo assim o risco era evidente, pois o caralho dele já estava escorrendo de excitação quando me penetrou. Fiquei dividido entre contar ou não para Kevin, mas percebi que não podia deixar de fazê-lo. Não seria justo de minha parte, especialmente se eu tivesse pego alguma coisa que pudesse contaminá-lo. Nós tivemos uma briga enorme, o que foi bom para nós dois, pois permitiu que demonstrássemos o nosso compromisso um com o outro. Se não tivéssemos estabelecido o acordo de que poderíamos ter relações com outras pessoas, isso não teria sido possível, mas nós dois gostávamos de curtir um casinho ocasionalmente, o que revitalizava a nossa vida sexual. Nós brigamos, não pelo que eu tinha feito, mas pelo que aquilo significava para as nossas futuras transas nos meses seguintes. Nós teríamos que conviver com o medo dos fluidos durante o próximo meio ano. Adeus a todo aquele erotismo. Adeus àquelas trepadas enlouquecidas no calor da paixão. Agora tudo teria que ser planejado, precisaríamos ter camisinhas e lubrificantes à base de água sempre à mão.

    Durante os seis meses seguintes, Kevin e eu praticamos sexo seguro. Eu ainda podia chupá-lo e até engolir a sua porra, já que ele tinha se comportado corretamente, mas como não sabíamos a quantas eu andava, tudo o que se relacionava a mim era envolvido em látex. Quando o meu teste voltou a dar negativo, seis meses depois, decidimos que poderíamos voltar a trepar sem camisinhas. Não sei do que mais gostei naquela noite, se da sensação da língua de Kevin no meu pau, deslizando por causa da saliva, ou se da sensação do meu pau na sua bunda sem a camisinha. Ambas foram paradisíacas. E eu estava decidido a não perder estes prazeres novamente.

    Nunca fui muito fã do sexo anônimo. Eu já tinha, é claro, visitando alguns bares com *darkrooms* nos fundos – a curiosidade era forte demais para resistir – mas nunca tinha sentido muita necessidade daquilo. Seria fácil arranjar uns carinhas para uma comidinha rápida, mas precisaria de mais empenho do que eu estava disposto no momento. Não estava querendo uma farra, apenas a sensação de um corpo próximo ao meu, segurar uma pica na minha mão. Eu adoraria também engolir um pinto, mas não ia fazê-lo, não esta noite.

Desamarrei o meu moleton para tirá-lo. Minhas calças começaram a cair mas ficaram presas por causa da minha ereção, deixando só a minha bunda à mostra. Eu ri e abaixei a calça. Minhas bolas já estavam de encontro ao meu corpo, ansiando por alívio. Vesti o meu jeans, sem me preocupar em pôr cuecas, e ajeitei o cacete ereto para o lado esquerdo. Abotoei a calça e massageei a proeminência através do tecido. Eu estava com tanto tesão que cheguei a pensar que o meu pau ia ficar duro durante todo o trajeto do metrô até os bares.

Vesti uma camiseta branca e a minha jaqueta de couro, que eu planejava tirar assim que chegasse ao meu destino. Kevin e eu não éramos assíduos freqüentadores de bar, já que nenhum de nós era muito de beber – um vinhozinho no jantar ou socialmente, é claro, mas nunca com o explícito propósito de ficar bêbado, e muito de vez em quando uma cerveja. Mas tínhamos amigos solteiros, alguns por opção, outros por força das circunstâncias, que nos mantinham a par da situação – onde havia agito de verdade, onde era uma fria. Havia um bar em particular, famoso pelo seu *darkroom* no andar de baixo, um andar inteiramente dedicado aos prazeres anônimos da carne.

Com o tesão que eu sentia, todos os homens do metrô me pareciam maravilhosos, pois estava atento a tudo o que havia de atraente nos machos que passavam por mim. Coisas tão simples quanto o volume em seu ventre, ou tão inexpressivas como a maneira de manter as mãos sobre o colo, faziam-me querer senti-las dançando sobre a minha pele. Flertei com alguns rapazes, só para passar o tempo, mas não paquerei nenhum deles a sério. Na verdade não estava interessado nisso agora, por mais que estivesse desesperado para transar com alguém. Eu não queria passar pelo desgaste de paquerar e ter que ficar conversando com alguém, só queria um corpo quente e disponível.

Já no bar, paquerei para valer, procurando alguém para levar para o andar de baixo e tirar a sua roupa. Minha caçada, porém, mostrou-se infrutífera. Paquerar no metrô e nas ruas, onde sexo não é a razão de ser, é bem diferente. Nestes lugares, paquerar é estimulante. Mesmo que eu seja esnobado ou paquerado por alguém que não me interesse, o que importa é a evidência do interesse sexual, que eu acho tão revitalizante. É quase como ligar o *gaydar*, embora haja algo mais ativo em paquerar, um certo fluxo de energia sexual e reconhecimento. Paquerar num bar é uma coisa mais séria. Há uma intenção específica que eu acho desconcertante. Só que não havia ninguém por lá que eu estivesse a fim de ganhar.

Fui até o andar de baixo. No final das escadas havia um pequeno corredor, com banheiros à esquerda e uma porta à direita. Havia um pano preto pendurado na passagem. Eu o puxei para o lado e entrei. O aposento era mal iluminado e as paredes haviam sido pintadas de preto. Parei perto da entrada, esperando que meus olhos se acostumassem à quase escuridão. Alguém roçou em mim por trás, entrando no local, como eu tinha acabado de fazer, sem conseguir enxergar direito. Quando o seu corpo entrou em contato com o meu, ele reagiu instintivamente e estendeu a mão para me tocar, para sentir as minhas costas e os músculos do meu braço, me agarrando. Sua mão desceu para tocar a minha bunda.

Saí de perto dele, ignorando-o. Ele não me seguiu. Fui em direção a uma parede, e mais uma vez uma mão se estendeu e me tocou. Olhei pela escuridão e me dei conta de que havia pessoas encostadas na parede, formas escuras contra um fundo mais escuro ainda. Eu me afastei desta nova mão também e procurei um espaço vazio onde pudesse me apoiar. Por duas vezes eu esbarrei acidentalmente em um outro corpo, que se virou na minha direção como uma flor voltando-se para o sol, ávido por se envolver sexualmente comigo. Eu me afastei todas as vezes, ainda não estava pronto.

Não sei ao certo o que estava me segurando. Talvez fosse o fato de ter visto o movimento lá em cima e saber que este grupo aqui era composto de homens como aqueles. Não sou fascista em termos de aparência física, sinto-me atraído por vários tipos diferentes de homens pelos mais diversos motivos, mas sou predominantemente visual, acho, e gosto de ver o homem com quem eu estou trepando. A idéia de pôr um pau na minha boca que eu não possa admirar antes, que eu não possa pegar na mão e olhar não me atrai. Mas isso não importava, já que eu não ia botar nenhum mastro na minha boca esta noite mesmo. Eu queria sentir um na minha mão, queria sentir a mão de um outro homem no meu membro, fazendo pressão no meu cu ou dentro dele, apertando os meus mamilos.

À medida que os meus olhos foram se acostumando à escuridão, comecei a ver homens ao meu redor. Como eu, a maioria deles estava largada nos cantos, como um bando de mocinhas tomando chá de cadeira. Um ou outro estava de costas para mim. Eu me dei conta de que estava olhando para dois homens envolvidos em algum tipo de atividade sexual. Fiquei observando o ondular dos quadris, perguntando-me como estaria se sentindo o rapaz contra a parede, como seria ter alguém na minha frente roçando o seu ventre no meu corpo na frente de todo mundo. Acho que em parte era por isso que eu ainda não estava excitado – o fato de haver outras pessoas presentes esperando para, literalmente, gozar junto comigo. Eu já tinha participado de orgias, mas nestas ocasiões todo mundo participa e dá para enxergar o que está acontecendo. Aliás, é essa a idéia, há um certo exibicionismo na coisa toda. O sexo que estava rolando agora ao meu redor era diferente, como se muitos destes homens estivessem aqui não apenas para fazer sexo, embora fosse isso o que todos nós queríamos, mas também para estar na presença do sexo, o que tinha o seu próprio fascínio.

Fiquei vendo os homens paquerando a turma do chá de cadeira, alguns deles com o caralho para fora, masturbando-se. Dava para ver os braços se agitando em frenéticas punhetas também entre o pessoal dos cantinhos, homens que gozavam pelo fato de estar na presença de sexo, mantendo-se duros para estarem prontos no caso de uma mão ou boca interessada se aproximar, ou talvez para atrair alguém com o movimento de vaivém. Qualquer atividade sexual chamava a atenção. Ao ver um dos homens engrenar com outro encostado na parede ao meu lado, todo mundo nas proximidades mudou repentinamente de posição. Todos nós tomamos consciência da súbita união e focamos nossa atenção no seu coito. Os homens se moveram para se aproximar do casal, para tocar uma bunda ou um peito, como se o contato com o casal bem sucedido sexualmente pudesse contagiá-los, como ocorre quando se acaricia a barriga do Buda para obter sorte, encorajar os dois nas suas aventuras ou convencê-los a admitir mais um parceiro.

Eu também estava sendo envolvido pelo sexo dos arredores. Procurei por entre as silhuetas, buscando o contorno de um pau sendo agitado por uma mão. Saí do meu lugar na parede para obter uma visão melhor, e passei a observar um determinado grupo de homens, quando uma mão se estendeu por detrás de mim para agarrar o meu pau. Minhas costas se enrijeceram, mas evitei me afastar. Não que eu tenha exatamente encorajado o cara, mas não o detive. Sua mão começou a passear pelo meu ventre para cima e para baixo, tentando deixar o meu pinto duro. Não sei se foi a sua mão ou a visão dos contornos dos membros à minha frente, dos corpos aglutinados e dos homens que se abandonavam ao sexo que provocou isso em mim, só sei que comecei a ficar excitado. Deixei de ser um espectador para ser alguém que estava aqui para fazer sexo. Não importava com quem, o que importava era trepar. As pessoas estavam olhando, mas não dava pra ver mesmo muita coisa. E se desse? Era por isso que todos estávamos aqui. Era isso que todos estávamos fazendo aqui. De repente, eu me senti livre e achei que tinha entendido alguma coisa a respeito da naturalidade de Kevin com a sua nudez.

Pensar no meu namorado trouxe o meu pau de volta à vida. O cara abriu o zíper da minha calça e puxou o cacete duro para fora. Senti como se toda a atenção do recinto tivesse voltado para mim e apreciei esta atenção e admiração. Estendi as minhas mãos para apalpar o corpo do cara que estava me bolinando. A sua pica já estava para fora e mantida em alerta por um anel de couro que projetava as suas bolas para a frente, era fina, da espessura de dois dedos, mais ou menos, mas com o comprimento para uma punhetinha. Isso, porém, não fazia diferença. Não estava à procura de perfeição, queria apenas sexo, puro e simples. Ele não era circuncidado, e eu fiquei algum tempo brincando com o seu prepúcio, puxando-o para frente e para trás, sentindo seus fluidos escorrerem pela minha mão. Passei os meus dedos pegajosos pelo seu pinto até esbarrar nas bolas. Larguei então o pau e passei a me ocupar das bolas, molhando-as com a sua própria secreção já quase seca.

Foi então que senti uma outra mão no meu saco e não era do primeiro cara, pois ele não havia me soltado. Mais alguém tinha se juntado a nós, e estendi a mão para sentir quem era. Entrei em contato com um peito desnudo, revelado por uma camiseta cuja frente tinha sido puxada até o pescoço e comecei a acariciá-lo. Meus dedos roçaram um triângulo de pêlos que ele tinha raspado para mostrar os seus músculos. Havia um círculo de pêlos ao redor dos seus mamilos, e o da esquerda tinha um *piercing*. Apertei o mamilo com o anel entre os dedos de uma mão e o caralho do outro cara com a outra. Ambos brincavam com o meu mastro e bolas enquanto uma mão acariciava a minha bunda. Fiquei imaginando onde estava a outra mão do primeiro cara, mas isso não tinha importância. Ele provavelmente estava tocando uma punheta para o outro rapaz, que era a coisa certa a ser feita, eu pensei.

Ainda puxando o primeiro cacete com uma mão, deixei a outra descer pelo peito do outro cara até seu pinto. Eu queria segurar um membro em cada mão enquanto tocavam uma punheta para mim. Desabotoei a calça do rapaz e a sua braguilha se abriu, pois já tinha aberto o seu zíper. Enfiei a mão por dentro das suas cuecas para agarrá-lo, sentindo algo bem volumoso através do tecido. Eu o puxei para fora pela fenda, torcendo para que houvesse alguma luz para que eu pudesse olhá-lo e admirá-lo. Olhei para baixo para ver o seu contorno, mas era impossível ver qualquer coisa contra aquele chão escuro. Tudo bem. Eu podia ver com os meus dedos. Neste exato momento eles estavam tocando uma pintura de Renoir ou Matisse, uma bela obra de arte.

Eu larguei o pau fino do primeiro cara e usei as duas mãos para brincar com esse novo cacete, a melhor oferta, pensei e sorri, apesar de ninguém poder ver. Virei-me na direção do segundo homem, pressionando o meu corpo contra o dele, ajustando-me. O primeiro cara que me abordou sentiu-se ignorado, eu acho, mas não me importei. Ele tinha tocado o meu corpo por algum tempo. Tinha pego a minha pica, enorme em comparação à dele, apesar de nenhuma poder se comparar a algumas pelas quais eu fora comido na minha época. Nós não havíamos feito nenhum tipo de promessa. Aquilo não era uma paquera, onde concordávamos implicitamente em ir para casa com o outro para tentar uma ejaculação mútua.

As mãos do primeiro rapaz ainda procuravam por mim, passeando pelas minhas costas à procura do meu caralho, mas eu não estava mais ligando para isso. Minha atenção estava toda focada no rapaz à minha frente. Ou talvez eu deva dizer que eu detinha toda a sua atenção uma vez que era eu quem estava apertando o seu pau com as duas mãos. Um pinto não precisa ser enorme, mas tem que ter um certo peso para dar uma sensação de concretude, e o deste cara com certeza era suficientemente grande, um deleite para o meu tato. Teria adorado me ajoelhar e sugá-lo, mas sabia que não podia fazê-lo. Não sabia nada a respeito dele, quem ele era ou se era ou não soropositivo. Eu nem sabia como era a sua aparência, mas segurei o seu mastro nas minhas mãos enquanto ele brincava com o meu. Uma coisa realmente maravilhosa para se fazer.

Ele, porém, largou-me repentinamente, e colocou as suas mãos nos meus ombros, pressionando-me para baixo. Queria que eu o chupasse e eu me perguntei como ele tinha conseguido ler o meu pensamento. Mas balancei a minha cabeça e tirei as suas mãos dos meus ombros. Ele parou de me pressionar e eu puxei a ponta do seu pinto, meus dedos estimulando a cabecinha sensível. Logo depois ele puxou o seu lindo mastro das minhas mãos e o colocou de volta nas calças. Por um momento eu me senti tão arrasado e rejeitado quanto o cara para quem eu tinha virado as costas devia ter se sentido. Meus dedos se perderam no espaço vazio, lembrando a sensação e o peso que não mais existiam e eu tive inveja do próximo homem com quem esse cara ia se engraçar.

Olhei ao redor, novamente à procura de sexo. Meu pau ainda estava duro, e para fora das minhas calças. Um cara baixinho e gordo passou por mim e seus dedos me agarraram. Eles se fecharam ao redor da minha pica e eu tentei me livrar de suas mãos. Eu não estava interessado. Depois de ter segurado aquele belo exemplar nas minhas mãos, eu queria a perfeição novamente e não um contato com qualquer um. Mas o cara não me soltava e se ajoelhou na minha frente. Antes que eu pudesse me afastar, ele fechou os lábios em torno do meu pau.

"Ele não sabe nada a meu respeito", eu pensei. Eu, porém, sabia que não tinha nada e a minha culpa não durou muito tempo com aquela língua correndo pela minha pica para cima e para baixo. Seus lábios se apertaram gentilmente ao redor dela e seguiram caminho para baixo até a base antes de se afastarem. Ele não era o tipo de pessoa com quem eu normalmente teria decidido fazer sexo, mas isso não parecia ter importância. Tudo o que eu queria esta noite era uma boa chupeta e bater uma punheta para alguém. Estendi a mão, agarrei a cabeça do cara e comecei a foder o seu rosto. Agora eu não estava mais ganhando um boquete puro e simples daquele estranho, deixando que ele decidisse me chupar, mas sim tomando o papel ativo neste encontro.

Ele murmurou alguma coisa que todavia não era um protesto, por isso eu não parei. Eu estava mandando ver, metendo fundo na sua garganta, mal dando a ele uma chance de respirar. Tirei o meu caralho de dentro da sua boca e o ergui em frente aos seus olhos. Ele choramingou como se fosse uma criança de quem eu tivesse acabado de tirar o seu brinquedo predileto.

– Lamba as minhas bolas – eu disse.

Apesar de não ter falado alto, a minha voz, naquele aposento silencioso exceto pelo farfalhar das roupas dos homens agitados à espera de sexo e do som dos punhos e das bocas, chamou a atenção. Todos os homens se voltaram para a nossa direção enquanto o cara ajoelhado à minha frente seguia a minha ordem. Eu massageei o meu pinto lentamente, escorregadio por causa da saliva do estranho, enquanto ele tomava um testículo por vez em sua boca e depois o soltava. Os homens se posicionaram perto de nós, com os sexos para fora, prontos para que o boqueteiro cuidasse deles na seqüência. Senti mãos na minha bunda e apertando os meus mamilos e apontei o meu pau na direção da boca do gordinho novamente. Ele começou a chupar a minha jeba e eu deixei, apreciando sua devoção e todas aquelas mãos sobre o meu corpo. Deixá-lo simplesmente me chupar em vez de foder o seu rosto deixava as minhas mãos livres para zanzar à procura de outros pintos. Eu queria segurar um cacete em cada uma das minhas mãos enquanto o cara me chupava, para me ligar sexualmente a três estranhos.

Eu abri zíperes e acariciei ventres em busca dos tais membros. A boca do rapaz continuava trabalhando, para cima e para baixo. Eu agarrei um pau com a minha mão direita, com firmeza, como se ele fosse uma âncora, e movi os meus quadris para a frente e para trás na boca do estranho, empurrando o meu pau para cima até seu nariz ficar pressionado contra a minha barriga. Minha outra mão encontrou a jeba de um outro cara que já estava para fora das suas calças, esperando por algum tipo de ação. Comecei a manipulá-la. Senti-me, por um momento, como uma criança tentando bater na cabeça com uma mão enquanto faz círculos na barriga com a outra. Fui inundado por uma felicidade infantil por ser capaz de fazê-lo. Eu estava com todos os meus sentidos à flor da pele, estava no paraíso.

O cara que estava mamando no meu pau se afastou para retomar o fôlego. Quase imediatamente, um cara que estava de pé perto de nós avançou, empurrando a sua pica na frente do cara rapaz ajoelhado. Acho que ele não estava precisando respirar tanto assim, pois engoliu o caralho do outro cara quase imediatamente. Eu fiquei desapontado por alguém ter roubado o meu boqueteiro, mas àquela altura minhas mãos estavam muito ocupadas, puxando e massageando dois belos pintos, e eu não queria me arriscar a perder nenhum deles tentando reaver o guloso.

No fim das contas isso não fez muita diferença, porque o cara cuja pica estava agora sendo chupada inclinou-se para a frente e começou a chupar o meu pau. A idéia desta cadeia de primeira, de alguém cujo pau estava sendo chupado me fazer uma gulosa pra valer, me excitou, e eu senti as minhas bolas endurecerem. Comecei a bater as punhetas com maior força e rapidez e senti a respiração de todos à minha volta se acelerar. O novo boqueteiro era ainda melhor do que o primeiro. Talvez eu estivesse achando isso porque o meu pau estava mais duro e muito perto de gozar, mas aquilo estava uma delícia. Queria sentir um caralho na minha própria boca e me imaginei chupando Kevin, pensei em fodê-lo no momento em que ele saísse do avião. A imagem do pau de Kevin na minha boca me fez chegar ao meu limite.

"Vou gozar", eu disse, pensando que era uma cortesia avisar o rapaz cuja boca estava ao redor do meu sexo. Afinal de contas, ele nunca tinha transado comigo, não tinha jeito de saber que eu não era soropositivo e que só fazia sexo seguro. O cara, porém, não se afastou como eu esperava, mas enfiou a cara ainda mais, empurrando o meu caralho ainda mais na sua garganta. Seja o que Deus quiser, pensei. Sabia que não estava doente, por isso não me senti culpado ao puxar os pintos presos nas minhas mãos e pensar em chupar o pau grande do meu Kevin. Foi quando eu senti as minhas bolas explodirem e os meus quadris darem pinotes enquanto eu jorrava pela garganta do estranho. Um estranho cujo próprio pinto estava sendo chupado do mesmo modo como ele havia me chupado. Sua boca dançava pela minha pica, drenando-a até a última gota. Foi só quando ela começou a amolecer que ele a deixou sair de sua boca e se levantou para começar a bombar na cara do sujeito que estava chupando o seu pau. Eu voltei a minha atenção para os dois homens cujos cacetes eu segurava nas mãos, não por algum desejo de reciprocidade, mas porque queria sentir a porra deles em meus dedos, queria a satisfação de fazê-los gozar.

"Tenho que trazer Kevin para cá um dia desses", pensei. Poderia ver outro cara chupando meu namorado, ter um estranho nos punhetando, dois caras nos chupando ao mesmo tempo, beijá-lo enquanto cada um de nós estivesse sendo chupado, estar aqui na presença do sexo, chupá-lo enquanto ele segurava o pau de outro cara nas mãos... As possibilidades eram infinitas. Comecei a sentir o meu membro endurecer novamente, com vida renovada.

Festa judaica

Simon sentiu-se constrangido ao caminhar pela East 10th Street. Imaginava que todos estavam percebendo que ele ia para um bacanal, o que era evidentemente ridículo, já que aquela seria uma festa particular no apartamento de alguém, e não num daqueles clubes onde qualquer um que o visse entrar saberia o que ele ia fazer.

Ainda assim, ele se sentia como se estivesse escrito na sua testa, talvez simplesmente pelo fato de estar nervoso. Ele não costumava ir a esse tipo de festas, mas um dos rapazes da congregação, Uri, o havia convidado. Simon havia passado o resto da reza perguntando-se que outros rapazes de lá Uri também havia convidado. Flagrou-se despindo mentalmente os homens ao seu redor, imaginando como eles seriam nus, qual o tamanho dos seus paus, se Isaac era tinha pêlos espessos e emaranhados cobrindo todo o seu corpo. Ele os imaginou em todo tipo de posições e situações sexuais.

Como se estes pensamentos – tão impróprios num ambiente de estudos religiosos – já não fossem sacrilégio suficiente, Simon ainda se viu embaraçado com o comportamento do seu próprio corpo, uma vez que uma ereção começava a se insinuar dentro de suas calças cada vez que ele ficava de pé. Sentiu como se estivesse novamente na escola, quando ficava de pau duro a caminho da aula e mantinha os livros na frente do ventre, como se todo mundo – especialmente os outros rapazes – não soubesse o que aquilo significava. A tentação de fechar o livro de orações e segurá-lo em frente ao ventre para esconder a sua ereção do olhar alheio ainda era forte, mas Simon resistiu. Ele orou de cor, sua vista transformando-se num grande borrão enquanto ele olhava nervosamente para a direita e para a esquerda, tentando ver com o canto dos olhos se alguém tinha notado a sua excitação. Ele estava aliviado pelo fato de as pontas do *tallis* esconderem seu membro duro atrás do tecido e dos fios brancos, embora temesse que a sua ereção acabasse por projetá-los igualmente para a frente.

Apesar de não saber ao certo quais eram as outras pessoas da congregação que também haviam sido convidadas – assim como não se sabe exatamente quem eram os *lomed vuvnick*[1] –, Simon havia faltado à reza por duas noites porque estava envergonhado demais de ver aqueles homens sabendo o que eles estavam planejando fazer esta noite. Ou o que ele havia imaginado que eles fariam. Simon não estava bem certo de como seria a tal festinha, uma vez que ele não costumava freqüentar coisas do gênero.

Na verdade, ele nunca tinha ido a uma festa assim, apesar de ter ido certa vez a uma sauna quando estava de férias em Porto Rico. Havia ficado fascinado pelo ambiente que exalava sexo, por ver todos aqueles homens ao seu redor trepando e se chupando em público, mas ficara nervoso demais para deixar alguém tocá-lo, que dirá fazer alguma coisa a mais. Alguns homens o tinham tocado algumas vezes – as regras pareciam ser toque primeiro, pergunte depois –, mas Simon se afastara o tempo todo das mãos que o agarravam, dos homens que tentavam ajoelhar-se a seus pés. Ele brincara com o seu próprio sexo por trás da proteção de sua toalha, medroso demais para expô-lo em público, apesar dos corpos nus ao seu redor, e gozara quase imediatamente, esporrando no tecido felpudo. Vol-

---

1. 36 pessoas tão puras que, por sua causa, Deus não destrói o mundo. Como ninguém sabe quem são esses 36, deve-se ser gentil e hospitaleiro com todos.

tara para o seu pequeno cubículo e virara a toalha, deixando o lado sujo de porra, todo pegajoso, fora para que não continuasse em contato com a sua pele.

Mas ele não fora embora.

Sentira-se compelido a ficar todo o tempo a que tinha direito e ver tudo o que fosse capaz. Convencer-se a ir àquele local havia lhe custado dias de racionalização e ele conseguira somente por estar tão longe de casa – quase em outro país, apesar de tecnicamente aquele ser um território dos Estados Unidos. Ele sempre tivera curiosidade de saber como eram os clubes de Nova York, mas tinha medo de acabar encontrando alguém conhecido. Não importava que ambos estivessem lá pelo mesmo motivo, Simon simplesmente morreria de vergonha se isso acontecesse.

Assim, ele permaneceu na sauna de San Juan por horas, caminhando rapidamente pelos corredores, explorando cada quarto e refúgio, sempre olhando, silenciosamente, sem falar com ninguém, quer falassem inglês ou não. Só queria estar lá. Horas mais tarde, num quarto dos fundos, escuro como a noite, Simon deixou que o tocassem. Ele não sabia quantos homens havia lá – não podia vê-los, não podia ver nada. Parecia que deste modo não havia problema. Era como o seu amigo Eric, que falava cada vez mais rápido quando mentia, como se, de alguma forma, não conseguisse ouvir a sua falsidade se ele falasse bem rápido.

Não fazia nenhum sentido, Simon sabia, mas quando uma mão o tocou em meio à escuridão, ele não se afastou. Deixou que ela o explorasse, seguindo lentamente pelo seu peito até a barreira de sua toalha enrolada ao redor da cintura. Os dedos puxaram a pontinha dobrada para fora e Simon agarrou a toalha antes de ela cair no chão, para ter alguma coisa segura nas mãos enquanto os dedos continuavam a explorar e tocar o seu pau.

Como não enxergava nada, Simon podia imaginar quem e o que bem quisesse. Estava com muito medo de tomar a iniciativa de fazer alguma coisa com outras pessoas, apesar de estender uma mão de vez em quando para tocar os corpos dos homens ao seu redor, homens invisíveis cujas mãos e bocas estavam tocando seu corpo, muitas, sempre (a outra mão ainda agarrando com firmeza a toalha, numa versão pessoal do cobertor azul de Linus). Tocava a pele deles, baixando a mão para sentir o membro, e então voltava para a segurança da toalha, limpando as gotas de secreção que haviam grudado na sua mão.

Ao ser tragado pela boca de alguém – ele não sabia quem –, Simon quis se afastar, pensando: "Isto não é seguro, você não deveria fazer isso, você não sabe quem eu sou." Mas era tarde demais. Antes que pudesse pensar, foi arrebatado por um orgasmo, seus quadris forçando o caralho cada vez mais para dentro da boca do estranho. O homem agarrou a sua bunda, puxando Simon em sua direção, sem soltá-lo antes que o seu corpo tivesse se aquietado novamente e seu pinto começasse a amolecer dentro da boca.

Tropeçando nos corpos ao seu redor na pressa para sair de lá, Simon praticamente correu para o chuveiro e esfregou o seu corpo até ele ficar rosado, para então voltar para o seu hotel. Isso havia ocorrido quase dois anos antes e ele nunca mais estivera envolvido em qualquer espécie de sexo grupal. Até esta noite.

Pelo fato de estar nervoso e vir fantasiando este momento fazia tantos dias, Simon tinha certeza de que todo mundo sabia que ele estava indo fazer sexo.

Ele estava com tesão. Não tinha se masturbado nos últimos dois dias, apesar de normalmente fazê-lo pelo menos uma vez por dia, por conta da superstição de que não se deve fazê-lo na noite anterior à que se fará sexo, como se ele estivesse indo para um encontro. Ou para uma suruba.

Aquilo em parte devia-se simplesmente à sua ansiedade com a sua performance. Poupando-se, ele se sentia mais seguro, acreditando que ficaria de pau duro mais rapidamente, não importa o quão nervoso estivesse, além de produzir uma porra mais grossa.

Ele chegou no prédio e ficou parado em frente à porta. Aquela era a sua última chance de dar meia-volta.

Mas Simon queria estar ali naquela noite. Apesar de seu desejo de encontrar um namorado, um companheiro que fosse seu parceiro para toda a vida, apesar de toda a sua reserva na sauna em Porto Rico, Simon sabia que poderia se viciar facilmente num tipo de sexo promíscuo como esse. Uma parte dele ansiava por este abandono selvagem, por fazer sexo com muitos homens numa única noite, sem saber ou não se importar com quem eles eram ou com a possibilidade de voltar a vê-los.

Ele esperava ficar menos nervoso esta noite, entre homens conhecidos, esperava ser capaz de se permitir fazer coisas que havia apenas fantasiado. Fazer parte daquela composição de corpos da qual tinha sido apenas uma testemunha da última vez.

Simon pigarreou, esperando que sua voz não soasse rachada quando fosse dizer o seu nome, e então tocou o interfone. Depois de um momento de espera, ele ouviu o clique da porta sendo aberta eletronicamente, sem que ninguém tivesse perguntado quem era.

Isso deixou Simon ainda mais nervoso. Quantos homens haviam sido convidados para aquela festa, a ponto de eles deixarem qualquer um subir? Ou será que ele era simplesmente o último convidado a chegar?

Simon pegou o elevador perguntando-se se os homens lá em cima já estavam transando ou haviam esperado por ele antes de começar. Enquanto olhava para o número dos andares aumentando cada vez mais, ajeitou o seu pau duro dentro do jeans, querendo que ele baixasse. Achou que não era apropriado ter uma ereção antes de chegar e se despir, como se estivesse tão desesperado a ponto de não poder se controlar.

Havia setas indicando a direção de cada grupo de apartamentos. Ele tirou o convite do seu bolso e checou o número, então guardou-o novamente. Ficou em frente à porta e tocou a campainha. Dava para ouvir a voz dos homens conversando lá dentro. Ele se perguntou se em breve os vizinhos, ou qualquer outra pessoa que passasse pela porta no corredor, ouviriam os sons e ruídos característicos do sexo.

Simon ouviu a tampa do olho mágico ser erguida. Sorriu, apesar de sempre ter achado que ficava ridículo através daquelas lentes deformadoras. Tirou as mãos dos bolsos. Uri abriu a porta.

É estranho ser cumprimentando à porta por alguém que só se conhece casualmente usando apenas cuecas. Ainda mais quando não se está acostumado a vê-lo assim, como acontece o tempo todo numa academia.

Simon não conseguiu evitar olhá-lo de cima a baixo, avaliando o corpo de Uri. Ele era baixo, mas bem troncudo, com braços e pernas grossas e musculosas. Sua pele brilhava como bronze. Uma linha de pêlos pretos espessos seguia pelo seu peito e sobre as suas pernas, como uma grama esparsa aparecendo aqui e ali em meio à areia do deserto. Ele tinha crescido num *kibutz* em Israel antes de se mudar para os EUA poucos anos antes.

– *Shalom* – disse Uri, inclinando-se para a frente para beijar Simon nos lábios no típico cumprimento gay. – A festa está apenas começando – ele prosseguiu. – Entre.

Simon estendeu a mão e beijou a *mezuzah*[2] ao entrar no apartamento. Uri vivia num belo apartamento de apenas um quarto. Havia um grande quadro abstrato pendurado acima do sofá, onde estavam sentados três homens, também eles nus, exceto pelas cuecas. Pareciam um pouco nervosos e estavam todos sentados um tanto afastados uns dos outros. Apesar de estarem todos no mesmo sofá, não havia contato de pele com pele em ponto algum. Simon fez um meneio de cabeça cum-

---

2. Pequeno tubo contendo um rolo de preces em hebraico, colocado na soleira da porta de casas judias.

primentando Benji, e então desviou o seu olhar, corando por causa dos trajes de Benji e pelo que eles estavam planejando fazer. Ele teve que controlar uma vontade quase insuportável de rir.

Havia outros homens lá, igualmente de cuecas, de costas para Simon, olhando os livros nas prateleiras de Uri. Dois deles tinham *kipahs*[3] presas com grampos em seus cabelos escuros. Uri o conduziu até a cozinha.

– Tire as suas roupas – disse, apontando para uma pilha dobrada na bancada. – O que você quer beber?

Em outras festinhas, todos tiravam os seus casacos e os deixavam no quarto, para então se reunir na sala. Mas esta noite a cama seria melhor utilizada, assim como a sala.

Havia outros seis rapazes por lá, até aquele momento, além de Simon e Uri. Simon conhecia três deles do templo – apesar de nunca ter visto nenhum deles nu, ou quase nu, antes. Eles não estavam entre os rapazes que ele havia despido mentalmente na noite em que Uri lhe dera o convite, mas não ficavam nada mal sem suas roupas. O tipo clássico de judeus eslavos com cabelos e olhos escuros que não tomavam muito sol.

Havia ainda um homem, Darren, a quem Simon tinha conhecido num baile da *Yeshivah*. Foi só mais tarde, quando Simon se aproximou, que ele percebeu que Darren tinha se raspado, até o ventre.

Os outros dois rapazes, Ezra e Joshua, eram conhecidos de Uri da época em que vivia na cidade e freqüentava a congregação gay de lá. Joshua era um rapaz ruivo, cujos braços pareciam magros demais. Não fazia o tipo de Simon. Ele nunca entendera o fascínio que os homens pareciam sentir pelos ruivos. Ezra, por outro lado, era o tipo de rapaz que chamaria a atenção de Simon na rua, com seus olhos escuros, cavanhaque e torso em forma de V. Foi com surpresa que Simon descobriu que Ezra era tímido e inseguro, uma espécie de cdf se escon-

---

3. Pequeno chapéu cerimonial usado em respeito a Deus.

dendo atrás dos óculos, como Simon sabia que ele mesmo fazia freqüentemente.

Todos tinham os seus vinte e muitos, quase trinta anos. Pareciam nervosos, ou inseguros em relação ao que deveriam fazer. Todos exceto Uri, que havia arquitetado a coisa toda e caminhava completamente à vontade, despreocupado com a sua quase nudez e o desejo de sexo que pairava sobre a cabeça de todos. Ele estava bancando o anfitrião, mas parecia à vontade, conversando com os seus amigos como se aquela fosse uma reunião como outra qualquer.

Como poucas pessoas se conheciam, nenhuma sabia realmente a respeito do que falar.

– É engraçado – disse Howie. – Minha mãe está sempre na minha cola, porque todos os meus namorados são loiros de olhos azuis. "Já que você tem que fazer sexo com outros homens", ela diz, "não poderia pelo menos encontrar um rapaz judeu?" E agora estou aqui, num ambiente repleto de rapazes que ela aprovaria, mas a ponto de fazer algo de que ela certamente não gostaria.

Aquela tinha sido a coisa errada a dizer, pensou Simon. Ninguém queria ser lembrado do que eles estavam prestes a fazer, apesar de todos lá estarem ávidos para que tudo começasse. Mas o que iria acontecer quando eles se encontrassem novamente com estes homens no seu dia-a-dia? Como é que Simon poderia voltar para o templo depois de ter visto Stanley, esta noite, com os dedos de um estranho na sua bunda? Ele nunca seria capaz de ver estes homens novamente sem se lembrar de seu aspecto nus.

O silêncio se estendeu desconfortavelmente.

Darren contou uma piada:

– "Mamãe, mamãe, eu consegui um papel na peça da escola!" A mãe diz: "Que bom, querido, e qual é?" Então o menino lhe responde: "O papel do marido judeu." A mãe pára o que está fazendo e olha para o seu filho: "Qual o problema, querido?", ela pergunta, "você não conseguiu um papel com fala?"

Todos riram.

O interfone tocou. Todos os sons cessaram repentinamente e todos os presentes se voltaram para a porta, mesmo sabendo que quem quer que fosse ainda teria que subir todos aqueles andares para chegar até a porta. Todos eles estavam se perguntando as mesmas coisas, Simon sabia. Seria alguém novo ou um estranho? E se este cara novo fosse feio? E se ele fosse insuportavelmente bonito?

Apesar de apenas Uri conhecer todos ali, era como se eles fossem freqüentadores assíduos de um bar esperando por carne nova. Será que era assim que as coisas iam se desenrolar? A certa altura alguém entraria e atrairia o olhar de alguém, fazendo o primeiro movimento, quebrando o gelo para começar a fazer sexo? Quem seria o primeiro a fazer alguma coisa? Uri olhou pelo olho mágico da porta e então a abriu. Simon podia ver, do seu lugar, que havia dois homens do outro lado do umbral da porta.

– Aaron – disse Uri, – que surpresa agradável. Você deveria ter me dito que ia trazer alguém.

– Foi uma decisão de última hora – disse Aaron. – Jorge, conheça o meu amigo Uri. Uri, este é Jorge – Ele sorriu para Jorge e então olhou novamente para Uri e piscou: – Nós nos conhecemos na Escuelita, na noite passada.

Aquele foi um típico momento de saia justa num bacanal. Ou quem sabe em qualquer tipo de festinha. O que fazer se alguém traz uma pessoa que não foi convidada? Numa festa normal, este tipo de comportamento costumava ser mais perdoável.

Uri olhou para o amigo de Aaron e finalmente decidiu dar fim ao constrangimento. Convidou os dois para entrar e os conduziu até a cozinha para que se despissem.

O clima da festa pareceu mudar completamente com a presença de Jorge. Era a presença de um prepúcio num recinto repleto de homens circuncidados. Era a presença de um não-judeu.

Simon lembrou-se de como o seu tio Morty costumava brincar: "*Shiksas*[4] são só para treino", cada vez que perguntava se Simon já tinha uma namorada.

Simon não tinha dúvidas de que este *sheggitz*[5] poderia treinar o quanto quisesse esta noite, já que todos os rapazes pareciam encantados com a pele lisa e escura de Jorge, ali na porta da cozinha – exibindo-se, talvez, ainda no ângulo de visão de todos? – tirando as suas roupas.

Uma vez de cuecas e com seus coquetéis em punho, eles se dirigiram para o outro aposento. Havia agora dez homens amontoados naquele pequeno espaço, alguns sentados, outros zanzando meio sem jeito.

– Ei, agora temos um *minyan*[6] – disse Howie.

Sua alegria por ter sido o primeiro a perceber era visível.

– Na verdade, não temos – disse Ezra. Tecnicamente ele tinha razão, Jorge não contava.

Mas isso era para rezar. Para uma suruba, dez rapazes – independentemente de sua religião – era um número bastante bom para fazer as coisas funcionarem. Uri circulou pelo apartamento, apresentando as pessoas e estimulando-as a conversar. Não dava para todo mundo ficar confortavelmente na sala – pelo menos não havia lugar suficiente para todo mundo se sentar. Alguns dos rapazes foram para o quarto, onde começara a farra enquanto ninguém, pelo menos não todos, estava olhando.

É claro que no momento em que a primeira pessoa na sala percebeu, todos correram para a porta do quarto para espiar.

Essa não parecia ser a coisa certa a fazer, mas isso não deteve ninguém.

Simon observou a nuca de Joshua mover-se para cima e para baixo, em frente ao ventre de Stanley, como se ele estives-

---

4. Garotas não-judias.
5. Garoto não-judeu.
6. O número mínimo de homens adultos (dez) para se manter um templo e rezar.

se rezando. Talvez aquilo fosse realmente uma espécie de prece, absorto que estava no transe de chupar aquele homem. Com todos aqueles homens amontoados na porta, ficando de pau duro por causa do voyeurismo, caso ainda não estivessem, não demorou muito para que o resto dos rapazes começasse a se bolinar também. Uma mão sobre uma coxa ou barriga, dedos frios de nervosismo. Uma mão em concha sobre uma nádega, por cima do tecido de uma cueca. Simon não sabia exatamente quem era quem, mas isso não importava. Seu coração bateu mais depressa. Ele sentiu um aperto no seu peito de nervoso, mas respirou fundo e relaxou, sentindo a sua bunda de encontro à palma de algum outro homem. Era para isso que ele estava ali. A festa tinha, finalmente, começado.

Aula de pólo

Eu não conseguia deixar de pensar no aviso que eu tinha arrancado da porta do correio:

Ponha um Animal entre as suas Pernas!
Junte-se à Equipe de Pólo da Yale
Reunião Hoje às 21:00h
No Salão do Davenport

O folheto amarelo xerocado contendo estas informações ia comigo no bolso de trás das minhas calças, dobrado num pequeno quadradinho, enquanto eu atravessava o campus. Eu não conseguia deixar de me imaginar montado num cavalo, a sensação do lombo fazendo pressão contra a minha bunda, roçando para a frente e para trás... O meu trabuco estava ficando tão duro que eu tive certeza de que todas as pessoas que passassem por mim perceberiam o que estava acontecendo, por isso ergui meus livros exageradamente, de forma a cobrir o meu ventre, sentindo-me novamente no ensino médio. Pura nostalgia.

Eu tinha crescido no lombo de um cavalo, montando em competições de adestramento e caçadas durante toda a adolescência, quando decidi que aquilo não era suficientemente masculino. Eu já sabia, naquela época, que era gay, mas tinha medo de que as pessoas descobrissem. Ser gay era inaceitável na escola, portanto, fiz tudo o que podia para fingir que era hetero. Já na faculdade as coisas eram diferentes, mas eu ainda não estava à vontade para me assumir por completo. Havia alguns jogadores de futebol morando no meu andar que compartilhavam o mesmo banheiro comigo. Eu tinha medo do que eles poderiam fazer se descobrissem que eu era viado e achassem que eu tinha passado aquele tempo todo espiando-os no banheiro e desejando-os. Mas o pólo parecia bastante sexy – e muito, muito masculino. Isto apesar das palavras do cartaz: "Ponha um animal entre as suas pernas." Será que eles tinham se dado conta de como isso soava? Será que eles queriam dizer... Tive medo de terminar o raciocínio e acabar gozando nas calças. Dei uma olhada no relógio e enfiei a mão no bolso. Faltavam apenas onze horas para que eu descobrisse, disse a mim mesmo, cheio de esperanças, enquanto apertava o pau duro no jeans e entrava na aula de antropologia.

Eu tinha ido a uma reunião do Clube Eqüestre da Yale logo no início do meu ano de calouro, mas ao entrar na sala cheia de mulheres de trinta e poucos anos eu fingi estar no lugar errado e dei no pé. Meu coração ainda batia forte no peito enquanto eu voltava às pressas para o meu dormitório no bom e velho campus. Eu não seria o único rapaz numa equipe só de mulheres por nada nesse mundo! Seria o mesmo que sair correndo pelas ruas gritando: "Eu sou uma bicha! Eu sou uma bicha!" Definitivamente, eu não estava pronto para isso. Ainda não estou nem mesmo hoje em dia, apesar de já ter avançado bastante em relação ao ano passado.

Eu achei que a equipe de pólo seria bastante diferente da equipe de equitação. Aquilo não me parecia coisa para mulher, por isso fiquei surpreso em encontrar quatro ou cinco garotas no salão do Davenport quando lá cheguei, pouco antes das 21 horas. Mas havia também dúzias de rapazes sentados, metade deles vestindo calças de montaria e botas. Havia um homem – um jovem senhor, não um rapaz, como a maioria naquele recinto – que parecia dominar todo o aposento. Sua pele evocava algum clima exótico, um quê de latinidade, Brasil ou Argentina, talvez, algum lugar onde o calor e a paixão eram um modo de vida. Ele tinha olhos pretos brilhantes e lábios que se curvavam num pequeno sorriso quando ele parava de falar. Era obviamente alto, apesar de estar sentado num sofá, as pernas longas casualmente afastadas...

Desviei o olhar rapidamente. "Grande primeira impressão, Glenn", eu pensei, repreendendo a mim mesmo, passando os olhos por todos os homens presentes.

Ao examinar a sala, porém, meu olhar voltou a cair nele, que conversava com um grupo de três rapazes muito bonitos vestindo jeans, de pé, na sua frente. Foi então que eu decidi: se aquele homem estivesse no time eu também faria parte dele.

Comecei a conversar com alguém que reconheci de uma das minhas aulas de ciência política, e depois de um momento o Senhor Caia de Quatro Por Mim se levantou e pediu a atenção de todos. Ele era ainda mais atraente de pé, eu pensei, enquanto os meus olhos viajavam pelo seu corpo de cima a baixo. A protuberância no seu ventre parecia ainda mais enorme em contraste com a sua cintura fina.

Acabei descobrindo que o tal homem não fazia simplesmente parte da equipe, ele era o capitão. O que significava que eu tinha acabado de escolher um novo hobby.

O cheiro de serragem sempre me faz lembrar a primeira vez em que eu chupei o cacete de um outro homem: era uma tarde quente de verão. Um dos cavalariços me levou para uma das baias do fundo do estábulo e baixou as suas calças. Fiquei completamente hipnotizado por aquele pedaço de carne imenso e cheio de veias que crescia entre as suas pernas. Senti o cheiro forte do seu suor quando me ajoelhei para examinar aquilo mais de perto. Todo o estábulo recendia a cheiros fortes. A serragem de cedro, a urina acre dos cavalos, os montes de esterco assando no calor. Seu pinto estava molhado de excitação e eu estendi a mão para limpá-lo. Meus dedos queimaram ao roçar a glande inchada e excitada, mas ao invés de me afastar, eu agarrei o cacete, fechando o punho ao seu redor. Ele era fácil fácil duas vezes mais grosso do que o meu, percebi maravilhado, e muito mais longo. Eu nem imaginava que houvesse pirocas desse tamanho.

– Chupe-o – ordenou o cavalariço, empurrando a minha cabeça em direção ao seu ventre.

"Eu jamais conseguiria enfiar aquilo tudo na boca", pensei, mas quando a abri para protestar, ele empurrou o seu caralho para dentro.

Eu me ajeitei, sentindo-me desconfortável dentro do meu jeans, repentinamente muito consciente de tudo o que me rodeava no salão da Yale. Meu pinto estava tão duro quanto um taco de pólo, confinado nas cuecas que, por acaso, estava usando. Eu precisaria de sustentação, já que ia montar a cavalo. Não tinha previsto ficar com um pau tão duro assim. E olhar para a bunda firme do capitão enfiada nas suas calças justas de montaria enquanto nós o seguíamos até a arena não estava ajudando muito para fazer aquela ereção desaparecer.

Onze de nós continuaram interessados em fazer parte da equipe, depois de ouvir os requisitos necessários e ficar a par do compromisso que teríamos de assumir. Íamos agora subir no lombo de um cavalo. Muitos nunca haviam montado antes – essa seria uma chance de ver como era a coisa, de se acostumar à idéia de estar escarranchado sobre uma criatura viva. Havia apenas quatro cavalos selados na arena, portanto nós nos alternamos para montar e dar algumas voltas. Como se montar não fosse suficiente, para nossa humilhação, nós tínhamos que avançar com o cavalo e tentar acertar a bola. Já era bastante difícil tentar segurar o taco – eu montava à inglesa, mas para manter a mão direita livre para segurar o taco era preciso segurar as rédeas curtas em apenas uma das mãos como nos filmes de faroeste. E quando eu tentei acertar a bola, então? Parecia muito fácil quando a equipe o fazia, mas não consegui me entender com aquelas quatro patas.

Continuei guiando o meu cavalo, tentando acertar a maldita bola, sem no entanto conseguir fazê-lo nenhuma vez. O taco ficava ou muito para cima, ou muito para baixo, ou muito longe, ou pendendo excessivamente para um dos lados. Estava realmente impressionando o capitão, dizia a mim mesmo a cada vez, tentando ferozmente driblar o rubor de vergonha e embaraço que coloria as minhas bochechas.

Para minha supressa, assim que eu desmontei, o capitão me disse:

– Você monta e cavalga bem, mas não consegue acertar a bola por nada nesse mundo. Encontre-me na sala de treinamento do ginásio amanhã às 6h30.

Meu coração estava batendo com tanta força e tão alto que eu não ouvi a minha resposta, mas acho que devo ter murmurado alguma coisa. Ele não tinha oferecido uma aula particular a mais ninguém, portanto deveria realmente ter visto algo em mim. Voltei a sentir um comichão dentro das cuecas. Queria subir até o celeiro e me masturbar, mas ainda não sabia como chegar até lá, por isso fui até o banheiro. Minha mão estava coberta de lama e pêlo de cavalo, mas isso não tinha importância. Agarrei a minha pica dura até gozar, sussurrando o nome de Alberto, enquanto jorrava a minha porra contra a cerâmica branca da privada.

O ginásio estava lotado de equipes esportivas treinando depois do dia de aula e de várias pessoas que estavam lá simplesmente para se exercitar, correr ou nadar. Eu queria ter um pretexto para passar pelos vestiários e dar uma espiada nos jóqueis suados entrando no chuveiro, mas já estava vestido com a minha roupa de montaria dos pés à cabeça, embora fosse montar apenas no cavalo de madeira usado para treinamento.

Tinha achado que assim causaria uma melhor impressão junto ao capitão, mostrando-lhe que minhas intenções eram sérias, o que não deixava de ser verdade, só que em relação a ele, mais do que ao esporte!

Vaguei pelos corredores, seguindo as instruções que os guardas lá embaixo haviam me indicado. Passando as quadras de squash lá no fim. Uma porta de tamanho normal com uma pequena janela à altura dos olhos. Olhei para dentro. Estava vazia, apesar dos grandes cavalos de madeira no centro. Tentei mexer na maçaneta e a porta se abriu. O ar estava úmido, a sala estava há algum tempo sem uso. Havia tacos apoiados na parede, e algumas poucas bolas que haviam perdido a sua firmeza.

Atravessei a sala em direção ao cavalo, uma estrutura simples de madeira com estribos pendendo de tiras de couro de cada um dos lados. Montei nele e fiquei sentado lá por um momento, curtindo a sensação de ter um corpo tão grande entre as minhas pernas. Coloquei as minhas mãos no lombo de madeira e rocei a sela indo para a frente e para trás, raspando o meu cu pelo tecido da minha calça jeans e cuecas. Fiquei imaginando Alberto lambendo o meu cu, preparando o meu buraco com a sua língua para abrir caminho para o seu pau...

Olhei para o relógio, imaginando onde ele estaria – eu estava quinze minutos adiantado. Na minha vontade de vê-lo, quis me certificar de que não me atrasaria!

Passei a mão pela parte interna da coxa, roçando o lado do pinto inchado que tinha se libertado das minhas cuecas. Eu me perguntei quando ele apareceria, será que dava tempo de eu me masturbar? Só assim eu conseguiria me concentrar na lição que estava por vir. Mas mesmo que houvesse tempo, onde eu poderia fazê-lo? Olhei por cima do meu ombro para a minúscula janelinha na porta. Apesar de poucas pessoas virem até o final do corredor, eu estaria frito se alguém o fizesse.

Desmontei do cavalo e fui até a parede escolher um taco. Eu ia praticar o meu balanço, para desviar a minha atenção do meu cacete ardente. Se não acabasse com essa ereção a tempo de Alberto chegar, não haveria como ele não percebê-la. Escolhi o taco mais longo e voltei a montar no cavalo de madeira. Ergui-me nos estribos como haviam nos ensinado no dia anterior e golpeei uma bola imaginária. O taco bateu contra a lateral do cavalo e eu me contorci com o som. Fiquei feliz por não haver ninguém por perto para ouvi-lo, e também por não estar montado num animal de verdade. Tentei golpear a bola novamente e desta vez consegui não acertar no cavalo, apesar de ainda não conseguir manter o taco na direção desejada.

Golpeei de novo e de novo, tentando me acostumar ao peso da ponta do longo taco e ao arco que ele descrevia em direção à bola imaginária.

– Seu taco é comprido demais.

Eu estava no meio de um outro impulso e caí do cavalo, de tão atônito que fiquei com a sua voz.

Virei-me. Meu coração estava acelerado de medo, mas olhar para aquele homem me dava a sensação de que não ia conseguir respirar. Como ele era gostoso! Era uma sombra alta em meio à luz empoeirada, cabelo escuro, pele escura e aqueles olhos escuros brilhantes...

Lá se ia minha tentativa de esquecer a ereção, pensei, enquanto me ajeitava para reassumir a postura correta e evitar o contato olho no olho.

– Eu não tinha percebido que você estava aqui.

Ele veio na minha direção. Senti a sua presença atrás de mim, bem ao lado do cavalo. Ele emanava uma energia sensual que provocava uma descarga elétrica por todo o meu corpo. Meu caralho duro batia contra a minha perna cada vez que ele falava, vibrando com o timbre da sua voz.

– Eu lhe disse seis e meia. Isso foi há dez minutos.

Meus olhos se voltaram para encontrar os dele. Estava me observando há dez minutos! Não consegui decifrar a sua expressão, por isso desviei o olhar para baixo, para as minhas mãos sobre o colo, as rédeas presas entre elas e o taco projetado para um dos lados como uma ereção gigante. Deixei a ponta do taco cair para ajudar a esconder a minha verdadeira ereção.

Alberto pegou o taco e me estendeu outro.

— Este tamanho é melhor para você.

O novo taco era uns quinze centímetros mais curto. Eu me inclinei pela lateral do cavalo para tentar tocar o chão e quase escorreguei de tanto que precisei me esticar.

Alberto riu, um som baixo e curto.

— Bem melhor.

Eu me virei para olhá-lo e ele me encarou. Não conseguia desvendar a sua expressão, e era isso que eu achava mais sexy — ele era enigmático.

— Você tem que se erguer na sela quando golpear com o taco.

Não deu maiores explicações, portanto eu fui em frente e tentei, achando que era isso o que ele queria que eu fizesse. Levantei e me inclinei para a frente para golpear a bola, e dessa vez foi realmente muito mais fácil manter a ponta do taco direcionada para onde eu queria. Eu não estava completamente convencido de que isso se devia apenas ao tamanho do taco, embora o taco mais curto fosse obviamente mais leve. Eu tinha passado uns bons vinte minutos às voltas com o primeiro, por isso achava que parte das minhas habilidades devia-se simplesmente aos meus treinamentos.

Dei um outro golpe com o taco novo e então outro. Alberto não disse nada, só me olhava com daqueles olhos escuros e graves. Continuei treinando. De vez em quando ele comentava sob a forma de instrução:

— Mais devagar com o impulso. Erga mais o braço.

— Tire o seu jeans.

Olhei para ele surpreso. Será que eu tinha ouvido direito? Meu coração estava batendo tão rápido que eu quase podia ouvi-lo, a ele e nada mais. Finalmente! Este era o momento pelo qual eu vinha esperando! Então, por que eu estava tão hesitante?

Desmontei e olhei-o. Ele não tinha se movido. Olhava para mim de maneira casual, quase desinteressadamente, esperando. Mas estava olhando para mim.

Eu me despi para ele, tirando os meus chaparajos lentamente, fazendo um showzinho. Ao abrir o meu jeans eu me lembrei de repente que havia raspado todos os meus pentelhos na semana anterior. O que ele pensaria de mim? Fiquei preocupado enquanto tirava a calça junto com as cuecas. Quando me inclinei para puxar as pernas da calça, a minha ereção apontou diretamente para ele, vibrando como uma discoteca de tão dura. Eu não podia acreditar no que estava fazendo. Aquele era um ginásio público. E se alguém passasse por ali e nos visse? Àquela altura, porém, já não me importava com mais nada além de Alberto e do que ele queria de mim.

Nu da cintura para baixo, montei novamente no cavalo de madeira e me ergui nos estribos, lançando a minha bunda no ar da mesma forma como estava quando ele me pedira para tirar as calças. O meu esfíncter se contraiu, na expectativa de senti-lo deslizando para dentro de mim. Eu o imaginei usando o seu chicote de montaria como um vibrador, empurrando o longo chicote de couro negro dentro de mim... Uma gota escorreu de minha pica sobre a sela, revelando a minha excitação.

Súbito, um lampejo de dor em minhas nádegas!

Eu me voltei para trás, quase caindo no chão antes de me dar conta de onde estava e me equilibrar nos estribos. Sentei e pressionei o cavalo de madeira com os joelhos para retomar a minha postura sobre a sela. Minha bunda ardia pelo efeito da tira de couro encolerizada.

Ele tinha me chicoteado!

– Eu não lhe mandei tirar os *chaparajos* – ele disse.

Desmontei novamente. Desta vez ele estava muito mais perto de mim. Eu podia sentir a proximidade do seu corpo, fazendo o meu responder com toda a força. Eu estava completamente exposto, nu na sua frente, desejando-o explicitamente, mas ele não fez nenhum movimento na minha direção. Eu tive que adivinhar o que planejava fazer comigo, ou em mim. O que quer que fosse, o meu corpo o desejava e estava pronto para ele.

Eu me inclinei para pegar os meus *chaparajos* e não pude deixar de olhar para o seu pau, sempre tão proeminente que eu nem sabia dizer se estava duro ou não. Voltei a vestir o apetrecho de couro, puxando-o por sobre as minhas pernas. Minha bunda e o meu caralho ficaram à mostra, dando-me a sensação de que uma corrente de ar deliciosamente fria tinha atravessado furtivamente a minúscula janela, deixando-me ainda mais duro.

Montei novamente no cavalo de madeira e retomei a minha posição sobre os estribos, inclinando-me para a frente com minha bunda no ar.

Ele bateu na parte interna da minha perna com o cabo do chicote e eu tentei não demonstrar dor. Ele seguiu lentamente, abrindo caminho em direção à parte interna da minha coxa, fazendo a minha pele se arrepiar. Tocou minhas bolas, de cada lado, fazendo-as balançarem.

Não falou nada sobre os pêlos.

De repente o chicote sumiu. Eu queria me virar e ver o que ele estava fazendo, mas fiquei onde estava. Esforcei-me para ouvi-lo, atento a um roçar de tecido, um passo, qualquer coisa, mas não havia nenhum tipo de som – não conseguia nem ouvir se ele ainda estava na sala comigo.

Houve um movimento atrás de mim, e eu me sentei para poder virar na sua direção – bem em cima do seu cacete! Eu gritei, totalmente despreparado para ser trespassado daquela maneira, o calor penetrando as minhas entranhas. Eu não tinha ouvido ele se mexer, nem abrir o zíper de suas calças, ou desenrolar a camisinha que estava usando, nada. Seu pau era longo e fino, como o seu corpo. Parecia que eu podia senti-lo, bem acima do meu umbigo.

– Pressione o cavalo com os seus joelhos.

Foi o que eu fiz, afastando-me alguns centímetros do seu cacete. Fiquei parado assim por um momento, e ele então se ergueu nos estribos para deslizar para dentro de mim mais uma vez, empurrando-me para a frente com um som gutural. Eu me inclinei novamente sobre o pescoço de madeira, ficando assim à rédea solta.

Ele emaranhou os dedos pelo meu cabelo e puxou a minha cabeça para trás para que sua boca quente pudesse encontrar a minha mais facilmente e forçá-la a se abrir. Meu maxilar doía enquanto a sua longa língua serpenteava pela minha garganta. Ele estendeu a mão e me tocou sob a camisa, apertando um mamilo entre o polegar e o indicador.

Minhas costas se arquearam em reação à dor repentina. Alberto mandou ver em mim, empurrando-me para a frente. Meu mastro batia dolorosamente contra a madeira polida. Eu estendi a mão para baixo e agarrei as rédeas, passando as tiras de couro ao redor das minhas bolas para que cada metida provocasse um puxão no meu pau.

Eu podia sentir a sua respiração quente na minha orelha enquanto ele arfava, o ar explodindo de suas narinas como um garanhão enlouquecido. Não dava mais para segurar. Eu estava excitado demais por ter passado aquele tempo todo pensando nele. Gozei no pescoço do cavalo, fazendo a porra escorrer pela madeira. Ele não parou de meter em mim, galopando a minha bunda sem parar, enfiando cada vez mais fundo. Parecia que as minhas entranhas estavam sendo rasgadas. Mas ele não parou e acabou me deixando de pinto duro novamente.

Finalmente ele também gozou, soltando uma espécie de latido curto quando o seu corpo se agitou em espasmos, e depois veio o silêncio. O seu caralho comprido ainda estava dentro de mim, me abrindo e sustentando.

Ele desmontou e deslizou pelo cavalo de madeira. Minha bunda ardia, contorcendo-se contra a madeira lisa e polida. Eu desabei sobre o pescoço de madeira, sentindo o meu pau viscoso com a minha própria porra deslizar entre o meu estômago e a madeira.

– Você monta bem – ele disse – mas ainda tem que treinar o seu balanço.

Drag por um dia

O apartamento de George era um cena de pesadelo recheada de bichas semivestidas. George criava cd-roms pornôs para viver, mas aquilo não era uma filmagem para o seu mais recente trabalho. Dentre a longa e multicolorida lista de seus trabalhos anteriores, ele tinha sido um designer de manequins, razão pela qual, na verdade, dez rapazes gays tinham invadido o seu apartamento como uma praga de gafanhotos antes da colheita. Quando a companhia de manequins fechou, George ficou com mais de cem perucas, e apesar de ter perdido e dado de presente várias delas, ele ainda tinha umas sessenta. A cada ano uma dúzia ou mais de bichas batiam à porta na manhã do Halloween implorando para ser maquiadas e levar uma peruca emprestada.

Eu sempre achei pessoas parcialmente vestidas extremamente sexies. Um homem usando um colete sem camisa ou camiseta que acaba quase sem querer revelando um mamilo de vez em quando, por exemplo. Você logo se pega esperando por isso, olhando para isso, porque é impossível prever a hora em que a dobra do tecido vai cair para trás e revelar aquele círculo marrom insolente. Ou quando o seu namorado caminha com certa agressividade em cuecas de seda pelo apartamento que vocês dividem, e o seus olhos caem na braguilha quando ele boceja ou suspira, dando-lhe uma amostra dos pêlos escuros que se escondem sob ela, além daquilo que você realmente anseia – uma olhadela rápida no seu pau como um flash de uma câmera, e que como aquela luz brilhante ainda permanece na sua vista mesmo depois de ter desaparecido.

Há algo em homens parcialmente vestidos com roupas de mulheres (especialmente homens másculos como as bichas da academia de Chelsea agora na minha frente) que é ainda mais atraente, porque parece acentuar a sua masculinidade. Bernie (apelido de Bernardo), por exemplo, era um destes garanhões sedutores italianos; todo músculos e carne por fora, mas com uma voz tremendamente suave e delicada quando abria a boca, aparentemente muito dissonante do resto do seu personagem. Neste exato momento, porém, ele estava com a boca fechada, comprimindo seus lábios cobertos de batom e sem camisa, fazendo poses em frente ao espelho de corpo inteiro na porta do armário, vestindo um par de luvas prateadas que iam até o cotovelo. Ele pôs as mãos nos quadris e sorriu para o espelho, experimentando diferentes expressões.

Fiquei maravilhado com a musculatura das suas costas, com o modo pelo qual os seus ombros e bíceps se uniam àquelas luvas de aspecto delgado, com o modo pelo qual o seu torso desproporcional desaparecia nas cuecas que despontavam por debaixo da sua cintura praticamente inexistente. Ele tinha uma bunda firme e redonda, e suas pernas eram inegavelmente masculinas, grossas colunas de músculos. Eu as imaginei enlaçadas em torno de mim, apertando-me com força, sem deixar que eu me mexesse, preso pela sua força e volume.

Bernie flagrou o meu olhar no espelho e disse:

– Querido, você vai ter que guardar esta coisa.

Ele deu um passo para o lado e eu me vi no espelho e ruborizei. Eu estava usando um vestido amarelo e laranja que parecia ter sido o papel de parede da Continental Airlines nos anos 70, e com uma ereção surgindo de tanto olhar para ele e fantasiar.

Caminhei com arrogância, cambaleando um pouco nos meus calcanhares, em parte para causar efeito, e em parte porque eu realmente não sabia como andar adequadamente, até ficar bem atrás dele e roçar o meu ventre na sua bunda.

– Quer que eu o guarde aqui, foi o que você disse? Eu provoquei gritos e risos dos outros rapazes que tinham feito uma pausa na própria montagem para prestar atenção no mais recente minidrama rolando. Ou talvez todos eles tenham parado para checar o meu cacete. Fiquei ao lado de Bernie e olhei para nós no espelho. Como eu podia paquerar qualquer um deles se não podiam ver como o meu corpo realmente era?

Meu melhor amigo (cujo nome hoje era Exuberância Real) e eu tínhamos chegado na casa de George antes de qualquer um deles, e a minha maquiagem já estava bem adiantada quando eles chegaram. Eu estava montado para parecer com Agnes Moorhead como a Endora, de *A feiticeira*, com um batom laranja brilhante e sombra azul e púrpura em abundância. George tinha feito maravilhas, o que era comum no caso dele. Ele tinha a capacidade de extrair arte de qualquer coisa ou pessoa.

Eu estava usando anéis enormes de plástico de várias cores berrantes que combinavam ou acentuavam as cores do vestido, e pulseiras amarelas também de plástico. A minha peruca estava numa cabeça de manequim, em cima da televisão. Cabelos longos à la Elizabeth Taylor, da mesma cor do meu próprio, de modo que eu não tive que me preocupar com a parte de trás do meu cabelo despontando da base da peruca. Tudo o que me faltava fazer era pintar as unhas com um esmalte cor de laranja bem cheguei que eu tinha encontrado por um dólar e meio naquela manhã na drogaria da esquina.

O último cd-rom de George estava rodando no computador atrás de mim e todos estavam criticando o diálogo e o script dos atores. Eric estava no teclado, controlando a ação.

– As bolas desses cara parecem deformadas. George, você não podia ter encontrado alguém com um aspecto mais normal?

– Ele tem o pau grande e isso é tudo o que importa nesse tipo de coisa.

– É verdade, só quem tem um cacete pequeno precisa ter um rosto lindo e um corpo perfeito.

Eu não conseguia acompanhar quem estava falando, mas isso não fazia diferença, o efeito geral é que era o mais importante. Eu já conhecia George fazia algum tempo, mas tinha acabado de conhecer o resto dos rapazes, exceto, é claro, Exuberância Real, que fora quem me convencera a me montar de *drag*, assim como o Jordan, que era o namorado de um dos amigos de George e havia sido o namorado de alguém que eu tinha conhecido na faculdade. Havia alguns poucos rapazes de quem eu ainda era capaz de lembrar o nome, embora tivesse esquecido o da maioria deles logo depois de ter sido apresentado. Metade dos garotos parecia já se conhecer, apesar de eu não saber dizer se eram realmente amigos ou se só se lembravam um do outro do apartamento de George do último Halloween. Vi pelo menos dois rapazes trocando telefones, e havia, com certeza, um forte clima de paquera silenciosa, especialmente quando os rapazes tiravam certas peças de roupa para se enfiar em vestidos.

Eu estava de olho num rapaz chamado Nathan desde que ele havia chegado. No momento, ele estava sentado no sofá, olhando para tudo o que acontecia ao seu redor. Havia algo na sua maneira decorosa de sentar que me excitava. Aquele olhar semi-atônito fazia-o parecer saudável, uma espécie de turista do Oriente Médio em sua primeira visita a Nova Iorque, o que o fazia parecer muito jovem, apesar de eu achar que ele provavelmente era uns três ou quatro anos mais velho do que eu, de uns vinte e oito ou vinte e nove anos. Um pouco jovem demais para o tipo de homem com quem eu gostava de ter um relacionamento, mas suficientemente bom para um sexo rapidinho, quente, suado e sem culpa.

Nathan estava usando uma camisa bem clubber, apertada, com a parte superior toda branca de lantejoulas, gola larga e um zíper que ia até o umbigo, embora o corte fosse bastante masculino. Ele não ia colocar um vestido, apenas uma peruca.

Metade dos rapazes que estavam lá, como acabou ficando claro, ia fazer apenas meia *drag*, apesar de estarem se divertindo muito experimentando vários vestidos enquanto se aprontavam, usando este artifício para passar um ao outro em revista. Nathan tinha encontrado uma pequena mecha loira à la Marilyn Monroe em *Quanto mais quente melhor* que lhe caía muito bem.

Eu não o conhecia, nem sabia com quem ele tinha vindo, mas procurando puxar conversa, peguei a tampa do esmalte laranja que combinava de modo tão fabuloso com o meu vestido igualmente cheguei, sentei-me ao seu lado no sofá, olhei-o nos olhos e perguntei, batendo os meus cílios postiços, tentando soar inocente ao estender o vidro para ele, se ele poderia cuidar de mim.

Ele me olhou de cima a baixo, com certeza me despindo em sua mente, tendo captado o óbvio duplo sentido. Fiquei ainda mais excitado do que ficava normalmente quando sentia que alguém estava me examinando, pois sabia que ele era capaz de enxergar o homem que havia sob o vestido. E também porque o meu corpo estava diferente por conta de toda esta história de *drag queen* – eu tinha me raspado. Peito, pernas, axilas, tudo lisinho. Logo eu teria pêlo por todo o meu corpo, duro e pontiagudo, roçando contra a parte interna das minhas roupas, roçando contra outra carne. Tentei imaginar como seria passar a língua pelo meu peito peludo e mamilos. A decisão que eu havia tomado – de montar uma *drag* para o Haloween junto com o meu amigo – ia me acompanhar durante várias semanas.

Meu amigo, miss Exuberância, era um nadador, e já tinha até ganho uma medalha nos Jogos Gays no ano anterior. Lembro-me das histórias que ela havia me contado (sua maquiagem já estava pronta e ela já estava com a peruca, portanto o seu gênero já tinha mudado do mesmo modo que havia acontecido comigo, já que eu estava quase todo montada, exceto pelas unhas e peruca) a respeito de raspar-se antes das competições, como todos se examinavam enquanto raspavam os corpos quase nus uns dos outros, como o clima era de intenso erotismo, carne masculina por todos os lados pulando para fora de minúsculos calções de banho. A cena aqui era parecida. Tudo fazia lembrar o quanto aqueles corpos sob a maquiagem e a peruca, sob os peitos, axilas e pernas raspadas eram masculinos.

Eu nunca tinha me montado antes, exceto no meu ano de calouro no ensino médio, quando tive que interpretar Julieta numa peça que representamos numa competição. Por ser o membro mais jovem da equipe de corrida, e ter um corpo de corredor, que com minhas pernas compridas me dava um aspecto muito mais feminino do que qualquer uma das meninas da equipe, com ombros quadrados e a pele curtida de tanto correr e se exercitar durante anos a fio, eu recebi o papel mais humilhante do elenco.

– Claro – disse Nathan tomando o vidro de esmalte da minha mão.

O telefone tocou. George atendeu dizendo:

– Salão.

Olhei por cima do meu ombro para a tela do computador. Estavam selecionando strippers e um skinhead não especialmente atraente com um caralho enorme estava se masturbando no sofá de couro preto onde eu e Nathan estávamos sentados. Fiquei tentando imaginar o apartamento transformado num set de filmagens para um filme pornô. Boa maneira de cortar gastos.

– Olhe só para isso – dizia Eric. – O cara da roupa de couro disse que tinha 25 anos na entrevista, mas seu currículo diz que ele tem 29.

– Não podemos ver a seqüência da suruba novamente? – perguntou Peter quando a cena cortou para um close dele agarrando a sua própria pica pouco antes de a porra jorrar.

Olhei para as minhas unhas. Nathan estava cuidando da terceira, pintando com pinceladas regulares da base para as pontas. Eu não podia deixar de olhar para o seu ventre através do emaranhado de nossos dedos, tão perto da minha mão que ele estava e tão convidativo.

– Flo tem uns dedos longos adoráveis – disse Nathan, erguendo a minha mão por um momento, mostrando a todos a sua habilidade em pintar as minhas unhas, e então recolocando a minha mão sobre o seu joelho. – Aposto que seria maravilhoso tê-los enroscados ao redor do meu cacete.

Ele não olhou para cima ao dizer isso, apenas continuou pintando a unha seguinte. Aquele papo era o mesmo tipo de conversa machista e meio pornográfica que nós tínhamos tido durante toda a tarde, por isso eu não achei que ele realmente quisesse que eu tomasse alguma atitude a respeito. Era pura bravata, mas eu queria tanto ganhá-lo que imaginei o que ele faria se eu entrasse no seu jogo. Estava flertando comigo, eu sabia, o que era ótimo por eu estar tão inseguro com a minha aparência no momento. Eu não costumo ser muito exibicionista, mas, que diabos, também não costumo usar vestidos. Acho que havia algo no fato de já estar sendo tão extravagante no que diz respeito à minha aparência que me deixou mais corajoso do que eu normalmente seria.

– Não seja por isso – disse, e com a minha mão livre abri o seu jeans.

Meus dedos desceram pela sua braguilha e abriram caminho até a cueca, agarrando o pinto e as bolas. Eu podia senti-las começando a endurecer sob o meu toque através do tecido. Ele estava usando cuecas brancas e eu puxei a cintura de elástico para libertar o seu pau. Puxei-o pela braguilha do jeans enquanto continuava a inchar na minha mão e comecei a brincar com ele para cima e para baixo.

À nossa volta, todos cuidavam de seus assuntos habituais. O telefone tocou e George atendeu:

– Futura Bold.

Simon disse:

– Parece que tivemos duas baixas antes mesmo de começarmos.

Assim que deram uma olhada no cacete de Nathan, porém, todos voltaram aos seus afazeres.

Exceto Bernie.

Bernie estava fuçando na caixa de papelão de perucas e um minuto depois veio andando até nós com uma trança longa e loira que era usada como aplique.

– Eu sempre soube que você era tingido – disse Bernie a Nathan, ao enrolar o aplique ao redor do seu caralho e bolas, prendendo-o com um enfeite.

– Agora sim, – ele disse – novos cabelos para o cacete – e se virou, afastando-se de nós.

Eu ainda estava tocando uma punheta para Nathan enquanto ele passava uma segunda mão nas unhas da minha mão esquerda. Suas pinceladas não eram mais tão regulares quanto antes, embora ele tentasse.

– Então, como é a sensação? – eu lhe perguntei, apertando suas bolas.

– Boa – ele disse, com a voz inesperadamente entrecortada ao perder a respiração.

Eu sorri.

– Bom. Agora sopre-as até secarem – eu disse, erguendo a minha mão em frente ao seu rosto como se quisesse que ele a beijasse – enquanto eu sopro nisso aqui.

Deslizei do sofá e com a minha mão livre puxei o vestido para baixo quando me abaixei entre os seus joelhos. Ele agarrou o meu punho esquerdo com ambas as mãos e o seu mastro duro pulou, cheio de expectativa. Eu o queria enfiado na minha garganta, mas iria provocá-lo até que suas bolas ardessem de desejo. Inclinei-me para a frente e beijei a cabecinha, só com os lábios, deixando a marca de batom cor de laranja na sua coroa.

O telefone tocou e George atendeu: – Helvética Black.

Na mesma hora a campainha tocou.

Meu coração começou a bater forte quando me dei conta de que estava fazendo sexo em público, na frente de completos estranhos. Aliás, com alguém que também era um estranho completo, apesar de isso não me importar. O que me incomodava era não conhecer as pessoas que estavam nos vendo, especialmente aquelas que haviam acabado de entrar, nem saber como elas reagiriam. A maioria dos rapazes não estava olhando para nós o tempo todo e, mesmo quando o fazia, não era com a intenção de excitar-se, mas olhavam de tempos em tempos, no mínimo por curiosidade. Fiquei me perguntando o que eles estariam pensando. Não tinham dado o seu consentimento para que eu e Nathan fizéssemos sexo ali, na frente deles, mas também não o tinham negado. Os recém-chegados não tinham tido sequer a chance de qualquer manifestação. Enquanto o meu rosto flutuava sobre o ventre ávido de Nathan, que se contorcia, fiquei pensando no que fazer, em como eles reagiriam, e em um zilhão de outros problemas pessoais e preocupações que me congelaram na indecisão.

Então me lembrei de que hoje eu era uma putinha, uma *drag queen* irreverente, e abri a minha boca. Nenhuma dessas bichas ia me reconhecer sem estar montada mesmo. Minha língua encontrou a carne quente e molhada do pau de Nathan e começou a banhá-lo avidamente de saliva, molhando-o para que meus lábios cor de laranja pudessem deslizar livremente. Com a mão direita agarrei a base do seu cacete e o puxei na minha direção, colocando-o na posição correta. Meus lábios mergulharam mais fundo em direção à trança loura que Bernie havia preso lá. Eu balancei para a frente e para trás sobre os meus saltos altos, enquanto o seu caralho deslizava para dentro e para fora da minha boca com o movimento.

O meu próprio pinto palpitava intensamente sob o meu vestido. Enfiei a minha mão direita (eu ainda não estava certo de que as unhas da minha mão esquerda tinham secado) sob as dobras do tecido para poder segurá-lo, quando ele já estava saltando para fora das minhas cuecas. Comecei a tocar uma punheta, esfregando a minha pica contra a palma cada vez que balançava para a frente e avançava no mastro de Nathan.

Meus joelhos começaram a doer e eu me levantei. Parecia que eu havia feito agachamentos na academia por duas horas seguidas.

– Agora não se mexa.

Ele fez o seu cacete vibrar.

– Bem, você pode se mexer – eu consenti, apontando para o seu instrumento.

Estendi a mão que estava ao lado dele, no sofá, até a minha bolsinha e a abri, tirando de lá uma camisinha.

– Uma garota precisa se prevenir – eu disse, rasgando o envelope com os dentes.

Antes mesmo de eu ter chance de desenrolá-la sobre o cacete de Nathan, contudo, ele já tinha erguido o meu vestido e puxado as minhas cuecas para baixo. Puxou-me então em sua direção, fechando a boca em torno do meu caralho enquanto pressionava avidamente o seu rosto contra mim.

– Eu lhe disse para não se mexer – reclamei, apesar de não ter falado sério.

Queria que ele se mexesse e continuasse se mexendo, sua boca deslizando para cima e para baixo fazendo um boquete, sua língua pontuda investigando as dobras promíscuas do meu saco, enquanto todo o meu cacete estava na sua boca, ou girando ao redor da cabecinha quando ele se afastava.

O casal que tinha entrado quando a campainha tocou – uma topetuda loira e seu namorado de pele morena e aspecto brasileiro – estavam olhando para nós, curiosos e incrédulos e um tanto quanto desconfortáveis com aquela sexualidade tão explícita. Eles desviaram o olhar quando perceberam que os vi olhando. Não me importava, que olhassem. Não que eles pudessem realmente ver alguma coisa. A minha saia tinha caído sobre a cabeça de Nathan, portanto tudo o que podiam ver era o tecido laranja balançando. Aliás, isso também era tudo o que eu podia ver, mas como aquilo era gostoso.

Nathan puxou o meu pinto e se reclinou no sofá, perdendo o fôlego. Uma mão ainda segurava o seu próprio pau, que ele estava punhetando enquanto me chupava. Seu cacete estava vermelho, inchado pelo desejo e pela peruca que o apertava. Eu despi delicadamente as minhas cuecas, dando-me conta de que aquilo era algo absolutamente idiota para se usar já que eu ia sair montada e precisaria guardar aquilo. A camisinha desenrolada na minha mão começou a secar, mas eu tinha um vidrinho de lubrificante na minha bolsinha:

– Uma garota tem que se prevenir – eu disse novamente quando voltei a me ajoelhar na frente de Nathan com o lubrificante em uma mão e a camisinha na outra.

Eu engraxei o seu pau e coloquei a camisinha nele.

– Segure isso aqui –disse, levantando o meu vestido.

Nathan segurou a ponta do tecido, e eu lubrifiquei a minha bunda rapidamente, polindo o meu buraco para facilitar as coisas e tornar o acesso menos doloroso. Espalhei mais lubrificante no seu mastro coberto pela camisinha, por via das dúvidas, e então montei nele. Ele ainda estava suspendendo o meu vestido, como se fosse um *voyeur* espiando os meus órgãos genitais. Aquilo me excitou. Lentamente, eu me abaixei até ele, posicionando o seu pau com minhas mãos.

É sempre curioso, acho eu, sentir o caralho de um homem dentro do seu corpo. Não importa o quanto eu o deseje, o meu corpo ainda resiste, pelo menos um pouco. Algo a ser superado. Comecei a brigar comigo mesmo – "Eu quero esta pica dentro de mim agora" – e tentei relaxar. Ele estava dentro, mas alguma coisa ainda não estava certa. Eu me ergui, me ajustei e respirei fundo. A sensação do seu cacete dentro de mim era muito gostosa e eu me sentia bem. Nathan se deitou no sofá enquanto eu mesmo me comia com o seu instrumento, mantendo o vestido erguido para que ele pudesse ver o que estava acontecendo, os centímetros do seu pinto desaparecendo dentro da minha bunda.

Senti que estava quase gozando enquanto montava no seu mastro. Parei por um momento, descansando, adiando o momento do orgasmo, para prolongar essa sensação deliciosa pelo máximo de tempo possível. Nós não nos movemos, mas mudamos de função. Ele assumiu o comando. Eu abri o zíper da sua camisa. O seu estômago era branco, com um pequeno tufo de pêlos no peito. Sua camisa se abriu, caindo para trás quando o seu corpo se ergueu no sofá, empurrando o seu pau para dentro de mim. Eu apertei os seus mamilos agora expostos, mas logo os abandonei para erguer o meu vestido. Mais uma vez, senti uma deliciosa emoção pela atitude exibicionista de manter o meu vestido voando. Aquilo parecia sujo, como se eu estivesse me oferecendo. Acho que aquela sensação me excitou mais do que a nossa carne deslizando uma contra a outra.

Eu estava pulando para cima e para baixo no seu sexo, mantendo o vestido longe dele, caindo ritmadamente sobre a sua virilha. E então o meu pau começou a ser atravessado por espasmos e eu gozei, o orgasmo agitando todo o meu corpo com tremores rápidos. Quatro deles e então um longo suspiro.

A minha porra brilhava no peito de Nathan como lantejoulas brancas derretidas. Seu bráulio ainda estava dentro de mim, e enquanto eu recuperava o fôlego ele continuava a empurrá-lo em mim. Eu me inclinei para frente e apertei os seus mamilos entre os meus dedos novamente, fazendo-o aproximar-se do clímax. Repentinamente eu os apertei com força. Nathan gritou e começou a gozar. Contraí a minha bunda, segurando-o apertado, enquanto o seu pinto girava dentro de mim, jorrando na ponta da camisinha.

Quando ele se deitou para descansar, exausto do seu orgasmo, peguei a minha bolsinha que estava do seu lado no sofá. O seu caralho ainda estava confortavelmente dentro de mim quando começou a amolecer. Tirei o batom e usando o espelho do meu pó compacto comecei a retocar a maquiagem. Quando fiquei satisfeito, inclinei-me para a frente e deixei uma marca perfeita de batom sobre o seu mamilo direito.

Nathan sorriu, sonhadoramente, e começou a sentar para desenroscar o seu corpo do meu, unidos que ainda estávamos sob o vestido. Eu o puxei de volta para o sofá.

– Aonde você pensa que vai? –perguntei a ele, estendendo-lhe o vidro de esmalte laranja brilhante. – Você ainda tem que cuidar da minha outra mão.

Hansel & Gretel & Gerd

Não havia mais nada para comer na geladeira, mas isso não era novidade. Ao mesmo tempo, havia restos de comida espalhados por todo o apartamento. Gretel não conseguia comer nada até o fim. Ela se distraía com alguma coisa na tv ou com uma idéia nova, deixava de lado o que estava comendo, e se esquecia daquilo até que a putrefação e o cheiro a fizessem lembrar. Gerd estava sempre preocupado com o trabalho ou com os seus vários rapazes, sendo ele mesmo um relaxado, que tirava as roupas e as deixava amontoarem-se sobre a superfície mais próxima. Por isso, limpar a sujeira que eles faziam sempre acabava sobrando para mim.

O apartamento era muito pequeno para nós três, mas mesmo assim mal tínhamos dinheiro para pagar por ele, e o senhorio vivia ameaçando nos despejar. Não tínhamos para onde ir, fazia tanto tempo que não pagávamos as contas e que alguns serviços tinham sido cortados. Como o telefone. Tínhamos que falar em pé, na rua, no telefone que ficava em frente à farmácia, virando a esquina.

Gretel era um zero à esquerda no que dizia respeito a trazer algum dinheiro para dentro de casa. Mesmo quando ganhava algum, ela o gastava todo, como se ele fosse sair de circulação. Mas o que é que se podia esperar de uma *drag queen* negra de idade já avançada, nascida em Nova Orleans e que morava em Berlim havia pelo menos quinze anos? Ela e Gerd tinham se conhecido anos antes num bar onde ele estava trabalhando, e tinham dividido o apartamento desde então. Gerd pagava a maior parte do aluguel, o que lhe dava mais direito de decidir sobre o funcionamento interno do apartamento, além do fato de ele ser maior, mais forte e falar mais alto do que nós. Bem, talvez não mais alto do que Gretel quando ficava bêbada, ou do que eu quando roncava (o que fazia tão alto que às vezes acordava a mim mesmo). Mas estou fugindo do assunto.

Eu também conhecera Gerd num bar, na minha primeira noite em Berlim. Eu estava num albergue e havia decidido ir a um bar chamado Andares Ofer, sobre o qual alguns amigos meus gays em Friburgo haviam me falado. Eles vinham bastante a Berlim para freqüentar os ambientes gays, já que não havia muita oferta em Friburgo – motivo pelo qual eu saíra de lá, aliás. Eu notara Gerd imediatamente no meio do bar apinhado de gente e me sentira atraído. Parecia uns dez anos mais velho do que eu, com um cabelo curto e loiro e um aspecto rude. Era alto e quadrado, de ombros largos, e mesmo coberto de roupas dava para perceber que era todo músculos. Apesar de tê-lo notado, fiquei bastante surpreso quando veio direto até mim e me disse o seu nome. Fiquei nervoso porque ele tinha tudo o que eu acho de mais sexy num homem. Aquela era a minha primeira noite em Berlim e tinha encontrado alguém como ele, e ele ainda por cima estava interessado em mim! Era quase demais para ser verdade. Para puxar assunto, perguntei o que havia achado do espetáculo *Salomé*, cujo cartaz estava afixado nas paredes do bar. Gerd não tinha nenhum interesse em arte. Perguntou-me se eu queria ir para casa com ele e, antes que eu pudesse responder, estávamos nos beijando. Ele me puxou para mais perto e me senti pequeno, pressionado contra o seu corpo. Eu então me esqueci do nervosismo, ou pelo menos o meu pau se esqueceu, ficando duro conforme Gerd empurrava a sua língua para dentro da minha garganta.

Quando nós paramos para tomar fôlego eu disse "sim". Gerd assentiu e ergueu a sua cerveja, que estava na mesa ao nosso lado. Ele manteve uma mão na minha bunda enquanto a bebeu e durante todo o caminho até o seu apartamento, conduzindo-me com uma pressão sutil dos seus dedos, como se fôssemos um par dançando. Eu estava disposto a segui-lo para onde quer que ele quisesse me levar, completamente excitado com a sua presença física marcante. Eu me senti como um patinho que identifica a primeira coisa que vê como seus pais e que havia eleito aquele homem por conta da incrível energia masculina que dele emanava. Eu adorava a sensação da sua mão cobrindo a minha bunda daquele jeito, era tão possessivo... Aquilo me manteve de pau duro durante todo o caminho até o seu apartamento.

O pinto de Gerd é tão impressionantemente grande quanto o resto do seu corpo. Quando chegamos lá em cima, dei uma olhada no apartamento, mas ele estava escuro e, pequeno como ele era, não consegui ver muita coisa. Gerd tinha tirado todas as suas roupas sem dizer uma palavra. Quando percebi que ele estava nu, sentado na cama, esqueci de tudo.

Eu ainda estava vestido e caminhei até a cama, permanecendo de pé em frente a Gerd, olhando para o seu colo. O seu cacete grande estava começando a inchar, mas ainda estava mole. Gerd era o primeiro homem que eu conhecia cujo caralho era tão grande que precisava de um certo esforço para ficar duro. Mas, como descobri naquela noite, valia a pena!

Estendi a mão para pegar a sua pica, enquanto ela ia lentamente ficando mais grossa, erguendo-a do meio de suas pernas. Gerd pressionou o meu ombro, ainda sem dizer nada, e eu me ajoelhei na sua frente. Dei uma boa olhada no seu sexo antes de colocá-lo na minha boca, não porque não tivesse visto paus em número suficiente nos últimos anos, mas porque me perguntava de que tamanho ele ficaria quando estivesse totalmente duro e se eu o agüentaria em minha boca. A veia que corria pelo topo do seu pinto era quase tão grande quanto o meu dedo mindinho. Dava para ver a cabecinha despontando sob a cobertura do seu prepúcio grosso.

Seu pau estava quente, descansando na minha mão. Eu podia sentir o cheiro de suor das suas bolas, um cheiro pungente que fez o meu próprio instrumento duro se agitar dentro das calças. Passei a língua pela base do seu membro até os pêlos claros começarem a fazer cócegas na minha língua. Sua pele tinha um sabor bom, meio doce. Gerd ergueu a cabecinha do seu pau e a guiou para dentro da minha boca. Seu pinto ficou dobrado por um momento num formato de S, quando os meus lábios se fecharam ao seu redor. Puxei-o com os lábios e estiquei o seu sexo. Dava para ver que Gerd gostava de ser chupado, pois o seu instrumento começou a inchar no momento que entrou na minha boca, apesar de eu ainda não ter feito nada. Passei a minha língua para a frente e para trás ao longo do seu eixo, deixando a saliva se acumular na minha boca. O seu caralho vibrou, como se estivesse se esticando ainda mais. Senti o gosto de secreção quando o prepúcio se retraiu um pouco, expondo a glande redonda e a sua rachadura.

Gerd me agarrou pela nuca e me puxou para perto dele, mas com suavidade, seu pinto deslizando fundo na minha garganta. Minha língua ficou achatada pelo seu peso e senti ânsia de vômito, mas a mão de Gerd me manteve no lugar, e não tive outra escolha senão me asfixiar com o seu cacete, até minha boca finalmente se acostumar a ele. Gerd então diminuiu a pressão e eu pude me afastar. Não soltei inteiramente o seu sexo, só queria dar uma chance aos meus maxilares de relaxarem e recuperar o fôlego. Serpenteei a minha língua para a frente e para trás, empurrando o prepúcio onde ele começava a se retrair, expondo a glande. Nem mesmo com o membro totalmente ereto o prepúcio de Gerd se retraiu completamente, cobrindo ainda a cabecinha sensível.

Eu estava começando a produzir saliva como um louco, o que ajudou quando voltei a deslizar pelo seu pau – apesar de não ir tão fundo quanto da primeira vez em que Gerd me segurar – de cima a baixo. Era trabalhoso, mas eu me sentia bem fazendo aquilo, e até mesmo orgulhoso por consegui-lo. Gerd murmurava de prazer, não exatamente palavras, apesar de, algumas vezes, um som ou outro se transformar numa, um misto de encorajamento e excitação, "*Jaaaa*". Com uma mão agitei o seu mastro, até o prepúcio se retrair completamente. Gerd vibrou quando minha língua massageou a glande exposta e explorou a área sob a cabecinha. Com a minha outra mão, agarrei o meu próprio pau por cima do jeans e o apertei. Mas era muito complicado tentar dividir o meu foco e acabei me engasgando com a pica de Gerd. Além do mais, eu estava prestes a gozar. Ignorei o meu próprio pau e bati uma punheta para Gerd com as duas mãos, enquanto minha boca deslizava para cima e para baixo.

Mas o meu gesto havia chamado a atenção de Gerd, que me afastou dele e me ergueu até eu ficar de pé. Ele abriu o meu zíper e baixou as minhas calças e as minhas cuecas até elas se emaranharem ao redor dos meus joelhos. Ele me virou e me inclinou para a frente, de modo que a minha bunda se projetou para cima. Meu cu se contraiu nervosamente quando sentiu um hálito quente, mas me forcei a relaxar. Gerd lambeu o meu cu e então mordeu suavemente a minha nádega direita, fazendo-me pular. Quando voltei a relaxar, um pouco mais inclinado para trás, a sua língua quente e molhada se insinuou pelo meu cu.

Logo um dedo se juntou a ela, provocando o meu cu, completamente escorregadio com a sua saliva. Ele continuou me abrindo, adicionando um novo dedo cada vez que eu me acostumava com a sensação, usando bastante saliva para manter tudo bem deslizante. Daqui a pouco ele tinha colocado quatro dedos dentro de mim, empurrando cada vez mais fundo e acelerando suavemente os seus movimentos. Comecei a gemer como um gato no cio e sem me importar com quem ouvisse ou com o que os vizinhos pensassem; eu não queria que ele parasse.

Mas ele acabou tirando os dedos do meu cu. Eu permaneci dobrado para a frente como estava, respirando fundo para me recuperar da sensação estonteante de seus dedos me comendo, apesar de querer implorar para que ele continuasse. Estava claro que ele ainda não tinha acabado comigo.

Ele me virou até eu ficar voltado para a cama e me empurrou suavemente para a frente. Estendeu a mão e agarrou os travesseiros, amontoando-os sob o meu estômago para me proteger enquanto me comia, além de manter a minha bunda na posição que ele queria. Havia um frasco de alguma loção ou óleo ao lado da cama e espalhou um pouco dela nas suas mãos, ou no seu pau, eu não sabia, já que estava virado para o outro lado e tentava adivinhar o que estava acontecendo atrás de mim pelo som. Ouvi as suas mãos espalhando o líquido pelo seu pau, fazendo um som característico por conta da pressão dos seus dedos. Ouvi o frasco esguichar mais uma vez e então senti os seus dedos quentes na minha bunda novamente, com um ponto frio onde estava o lubrificante. Ele o esfregou na minha bunda ainda molhada da sua saliva e três dos seus dedos grossos deslizaram para dentro de mim sem o menor problema, ainda mais agora que estavam escorregadios com o que quer que ele estivesse usando como lubrificante.

Gerd tirou os seus dedos de dentro do meu cu e montou na cama. Súbito, a cabeça gorda do seu pau estava pressionando a minha bunda, posicionada e esperando. Eu respirei fundo na expectativa de ele me comer, e quando soltei o ar ele entrou, só um pouquinho no começo. Seu sexo parecia ainda maior do que o que eu me lembrava, e tive certeza de que não conseguiria agüentar, mesmo sabendo que tinha conseguido fechar os meus lábios ao redor do seu pau e que ele já tinha enfiado quase uma mão inteira no meu cu poucos minutos antes. Meu cu se contraiu ao redor da ponta do seu cacete, e quando relaxei ele deslizou mais para dentro, empurrando-o fundo. Ficou enterrado dentro de mim, esperando até eu me acostumar com a idéia antes de começar a bombar para valer.

Gostei que ele tivesse amaciado o meu cu por um tempo, certificando-se de que eu estava pronto para recebê-lo, em vez de ir simplesmente metendo independentemente de eu estar gostando ou não. Ele era grande e rude, mas não era bruto. Fui ficando cada vez mais excitado com o fato de ele me empurrar para a frente cada vez que metia o seu caralho grande na minha bunda, fazendo com que eu roçasse o meu no ninho de travesseiros.

Nós dois estávamos emitindo sons guturais de prazer quando, de repente, comecei a gozar, enquanto Gerd estava me comendo, sem conseguir mais me segurar:

– Estou gozando – gritei, enquanto meu corpo vibrava de prazer.

Gerd não parou de me comer enquanto eu esporrava sobre os travesseiros. A porra se espalhou por toda a minha barriga enquanto Gerd me empurrava para a frente, cada vez que metia em mim. Meu pau continuou duro e Gerd finalmente gozou, depois de me virar rapidamente de costas e me beijar enquanto o seu pau ainda estava metido no meu cu fazendo-me jorrar uma segunda leva.

Nós ainda trepamos mais duas vezes naquela noite antes de Gerd se dar finalmente por satisfeito. No final, eu já não tinha mais porra sobrando.

Dormi lá. Naquela época eu não sabia quão raro aquilo era para Gerd. Para falar a verdade, até onde eu sei, apenas dois de nós fizeram isso, os dois que ainda viviam com ele até hoje (apesar de nenhum de nós fazer mais sexo com ele, só muito de vez em quando). Acho que era a esperança de que isso acontecesse que nos mantinha ali – isso e um lugar para cair morto, apesar de o pequeno apartamento já ter se transformado num lar para nós.

Encontrar Gretel pela manhã foi um belo choque. Acordei antes de Gerd, e fiquei deitado na cama, sorrindo e sentindo o meu cu ferido. Estava olhando para o teto porque Gerd tinha passado um braço por cima do meu peito e eu não queria acordá-lo me mexendo. Não sabia que Gerd tem um sono superpesado e que eu poderia tê-lo rolado e jogado no chão sem que ele se desse conta.

A porta do apartamento se abriu e eu quase gritei, mas fiquei sem fala de tanto medo. No início pensei que o apartamento estivesse sendo roubado. Gerd e eu estávamos deitados nus na cama. Eu me empertiguei imediatamente sem me preocupar mais em acordar ou não Gerd e cobri o meu ventre com as mãos. O braço de Gerd caiu por sobre a cama e ele o puxou para baixo de si sem acordar. Eu não sabia o que fazer ao olhar para aquela estranha negra que tinha as chaves do apartamento.

Gretel me ignorou e foi cuidar de suas coisas como se fosse a dona do lugar. Isso é algo, aliás, que ela faz onde quer que esteja. Largou as chaves em cima de uma mesa, tirou a sua peruca e a colocou sobre um busto de Lênin que estava evidentemente ali para este fim. Jogou-se então no sofá e tirou as suas sandálias vermelhas de salto alto. Eu não pude deixar de notar como os seus pés eram largos. Ela esfregou a sola de seus pés, estalando cada dedo, e então se espreguiçou no sofá. Finalmente olhou em volta e me viu olhando para ela, apesar de eu ter tido a sensação de que sabia onde eu estava o tempo todo, tendo me ignorado de propósito até agora.

– Boa noite – ela disse, embora fossem provavelmente seis da manhã àquela altura, e pôs uma das almofadas do sofá sobre o rosto para protegê-lo da luz.

Foi somente horas depois, quando Gerd acordou, um pouco surpreso por ainda me encontrar ali, que eu descobri que dividiam o apartamento. O local não era grande o suficiente para uma pessoa, imagine duas, mas como eu tinha conseguido passar a noite e não estava a fim de perder um pedaço de mau caminho como Gerd, dei um jeito de pegar as minhas coisas no albergue em que tinha me registrado no dia anterior e mudei para lá, presumindo que a cama era grande o bastante para que eu e Gerd a dividíssemos. Como fui ingênuo! Não faz nem muito tempo, mas aprendi muita coisa desde então na escola da vida.

Gerd estava sempre arranjando novos garotos e trazendo-os para casa, obrigando-nos a deixar o apartamento para que transasse com eles. Não que Gerd se importasse de fazer sexo na nossa frente, mas os rapazes freqüentemente sim. Cinco noites por semana, Gretel e eu éramos expulsos sem a menor cerimônia por pelo menos uma hora e na maioria das vezes por mais tempo.

Eu me lembro da primeira vez em que Gerd nos botou para fora, na semana em que me mudei. Fiquei arrasado de ciúme, mas a verdade era que Gerd simplesmente perdia o interesse rápido, o que vi acontecer com bastante freqüência. Na verdade, depois de viver lá alguns meses, comecei a ficar feliz por ter durado tanto quanto durei – quatro noites – antes de Gerd sair à procura de outra pessoa.

– Pelo menos você ainda tem um lugar para morar – Gretel tentou me assegurar –, e isso vale mais do que sexo nesta cidade. Acredite em mim, querido.

Naquela noite Gretel estava usando um vestido velho, cheio de abas e lantejoulas verdes, que parecia uma relíquia genuína dos anos trinta que não sobreviveria por muito mais tempo, a julgar pelas lantejoulas que se soltavam a cada movimento dos quadris. A calçada foi ficando repleta de lantejoulas enquanto eu e Gretel caminhávamos pela rua – ou melhor, enquanto eu caminhava e ela rebolava – em direção a um bar que ela conhecia, onde tinha certeza de que eu encontraria um homem só para mim e me divertiria.

Gretel me colocou debaixo de sua asa como uma galinha protegendo o seu pintinho, mas mesmo então tive uma sensação de que aquilo se devia em parte por ela saber que eu ainda tinha dinheiro, tendo acabado de chegar de Friburgo. Eu ainda não tinha um trabalho, mas não havia gasto todo o dinheiro herdado de minha avó, que me permitira mudar para uma cidade grande.

Chegamos ao bar, de cujo nome não me lembro, se é que alguma vez eu o soube. Era um lugar escuro repleto de homens, até onde me recordo. Mas não fiquei interessado em ninguém. Meu coração estava partido. Tinha encontrado o homem dos meus sonhos e ele havia me rejeitado.

Comprei uma bebida para nós dois. E então mais uma. Fiquei tão bêbado que devo ter desmaiado, pois me lembro de voltar a mim sem saber onde estava. Gretel não estava à vista, apesar de eu nem sequer me lembrar que estava com ela. Ela, contudo, acabou me encontrando quando quis mais uma bebida. Ela já estava acabada e eu estava começando a me sentir mal.

– Para mim já deu, vamos para casa – eu disse.

Eu tinha me esquecido de que Gerd havia nos expulsado porque estava fazendo sexo com outra pessoa. Tudo o que eu sabia era que precisava me deitar. E depois de poucos dias, o nosso minúsculo apartamento de um quarto parecia confortável e seguro.

Contudo, não me lembrava do caminho de casa. Para falar a verdade, eu não sabia onde estava. Eu precisava que Gretel me guiasse, mas ela ainda não queria ir embora, estava a fim de mais uma bebida. Eu a puxei para fora do bar, e ordenei que viesse para casa comigo. Eu ainda não sabia que é quase impossível convencer uma *drag queen* a fazer alguma coisa contra a sua vontade. Gretel se recusou a me dizer onde nós estávamos ou onde morávamos.

Fiquei tão zangado que quase a surrei. Ao invés disso, eu a agarrei pelos dois braços e a sacudi violentamente, repetindo inúmeras vezes:

– Me leve embora agora.

Eu a sacudi com tanta força que as lantejoulas voaram do seu vestido.

Foi quando vi que havia uma lantejoula verde brilhando do outro lado da rua e me lembrei de Gretel requebrando pelo caminho, na vinda. Segurando Gretel firme no braço, eu a arrastei comigo enquanto seguia a trilha de lantejoulas a caminho de casa.

Gretel se lamentou o dia seguinte inteirinho. Recusou-se a falar comigo, até Gerd nos expulsar mais uma vez, à noite. Eu esperava que ela cuidasse de mim novamente, já que eu ainda não conhecia as redondezas, mas ela começou a se afastar imediatamente, assim que nós descemos.

– Espere por mim! – chamei, mas ela não me deu atenção.

Tive que correr para alcançá-la.

– O que você quer? – disse Gretel, sem parar enquanto seguia rapidamente por uma rua depois da outra.

Eu não tinha idéia de para onde ela estava indo, apesar de parecer ter algum destino em mente – ou talvez ela simplesmente quisesse se ver livre de mim.

– Para onde você está indo? – perguntei, ainda me apressando para acompanhar o seu passo. – Posso ir com você? Você está com fome? E se eu pagasse um jantar para a gente?

Gretel me perdoou instantaneamente e eu aprendi a minha primeira lição importante de como lidar com ela.

Depois de morar com eles por meio ano, eu já conhecia bem Berlim – especialmente todos os seus aspectos mais sórdidos, graças a Gretel. Às vezes, eu e Gretel seguíamos nossos próprios caminhos quando Gerd nos botava para fora. Às vezes, nós não estávamos nem em casa quando ele chegava com os seus casos. Quando Gerd nos expulsou aquela noite, Gretel e eu decidimos ir juntos ao Tom's Bar para uma daquelas promoções de tome duas pague uma.

Lá em cima, os mesmos rostos familiares de sempre. Cumprimentamos as pessoas que conhecíamos enquanto nos esgueirávamos a caminho do bar para conseguir algumas bebidas. Gretel bebeu a sua mais rápido do que eu, mas eu lhe paguei mais uma vodca com suco de laranja com uma segunda bebida grátis – ambas para Gretel. Eu estava generoso porque tinha ficado com uma nota de vinte marcos da cafeteria em que trabalhava de dia, de uma venda que eu não havia registrado no caixa.

Deixei Gretel lá em cima com uma bebida em cada mão e desci para o outro andar. Estava menos cheio, apesar de repleto de homens, a maioria deles de pé, em meio às sombras, costas apoiadas na parede. Olhando mais de perto, às vezes uma sombra ou outra revelava ser na verdade dois corpos pressionados um contra o outro.

Caminhei pelos corredores e pequenos quartos até chegar ao canto mais escondido. Estava quente como um forno naquele minúsculo quarto dos fundos, e o suor escorria pelo meu corpo. Tirei a minha camiseta, e os meus mamilos começaram a endurecer em contato com o ar carregado. Toquei primeiro num, depois no outro, enviando o estímulo para o meu pau, enquanto olhava em volta. Havia homens ao longo de todas as paredes, e com a pouca luz do lugar, alguns deles pareciam até bastante atraentes.

Caminhei pelo povo encostado na parede, deixando a minha mão à deriva ao meu lado, tocando às vezes uma coxa coberta por um jeans ou um caralho, demorando-me por um momento antes de seguir em adiante. Parei de frente para um naco apetitoso, porque havia alguém ajoelhado à sua frente, chupando o seu cacete. O cara que estava sendo chupado olhou para mim – não desafiadoramente, só olhando, como se estivéssemos ambos na plataforma, esperando pelo trem. Quase não era possível dizer que eles estavam transando. A sombra ajoelhada à sua frente começou a se agitar para a frente e para trás.

Eu também me ajoelhei. Na pouca luz que havia, mal dava para ver a carne clara do pau do homem desaparecendo na boca do outro. Estendi a mão e toquei as suas bolas, perguntando-me o que ele estava achando de dois homens cuidando dele ao mesmo tempo.

Nunca cheguei a descobrir, contudo, porque o rapaz que o estava chupando limpou a sua boca com as costas da mão e se levantou.

Minha mão se fechou em torno do membro do homem, toda melado com a saliva do outro. Dei uns apertões no seu pau, para sentir a sua rigidez. Era firme, o que me agradava muito; também tinha um bom tamanho e era curvado ligeiramente para cima. Era circuncidado, e fiquei pensando se seria um turista americano ou, quem sabe, judeu.

Eu o enfiei na boca, sentindo uma mistura do sabor de sua pele com a saliva do outro. Pensei por um momento que isso era quase como beijar o estranho que o estivera chupando antes de mim. Era gostoso senti-lo na minha boca; se eu fosse o outro homem, não teria desistido tão rapidamente, pensei, enquanto começava a fazer um boquete. Eu provavelmente o dividiria com uma nova pessoa se eu fosse o homem que o tinha chupado antes, e se alguém quisesse se juntar a nós eu não teria desistido tão fácil, pensei, apesar de haver muitos homens disponíveis no pedaço.

Depois de um tempo percebi que o homem que eu estava chupando não estava realmente envolvido, apesar de estar com o seu pau na minha boca. Ele estava de pinto duro, portanto alguma sensação devia ter passado por ele, ainda que fosse simples estimulação física, mas não havia conexão. Era como se ele fosse uma parte da parede. Eu me senti como se estivesse mascando o rodapé, tamanho era o seu envolvimento.

Eu gostava de mais ação no sexo, de um pouco mais de encorajamento, de saber que a pessoa estava gostando. Sou capaz de me excitar fazendo um boquete quando sei que o cara está realmente gostando. Eu não sabia se estava funcionando para ele, mas para mim não estava.

Como o homem anterior, eu também limpei a minha boca com as costas da minha mão e levantei. O homem à frente não disse uma palavra. Era como se ele fosse mudo. Eu me perguntei se ele era um estrangeiro que não falava alemão, e que portanto estava com muito medo de dizer qualquer coisa.

Seja como for, comecei a me afastar. Alguém me deu um tapinha no ombro. Eu me virei e lá estava um homem alto, com o cacete na mão:

— Chupe o meu pau — ele disse, sacudindo-o para enfatizar o que dizia.

Eu estava cansado de chupar pirulito, além do que esse cara não me excitava. Naquele ambiente nebuloso vi que o seu sexo era pequeno e grosso e se projetava do seu ventre numa linha reta. Mas eu ainda estava com um certo tesão.

— Mostre-me como — eu disse, colocando a minha mão no seu ombro e o empurrando para baixo para que ele se ajoelhasse.

Ele não ofereceu muita resistência, o que me fez pensar que ele gostava de ser tratado daquela maneira. Agarrei a sua cabeça e a pressionei contra o meu ventre. Ele abocanhou o meu pau duro por cima do jeans, para mordiscá-lo. Soltei os seus cabelos e abri meu zíper, puxando minhas calças até pouco abaixo das minhas bolas. Eu não estava usando cuecas.

Ele não precisou de mais nenhuma instrução para começar a chupar as minhas bolas, depois que eu as libertei. Cuidou de um lado, depois do outro, e então meteu as duas dentro da boca, sorvendo-as antes de deixá-las pender novamente e atacar o meu caralho. Ele era bom nisso, apesar de eu não achá-lo exatamente atraente, mas é difícil para mim gozar fazendo sexo com alguém que não ache sexy. Eu estava um pouco entediado. Queria gozar e ir para casa. Tentei não pensar em quem era o dono da boca que me chupava, e em vez disso passei a forçar a vista para ver os bombocados ao meu redor. Eu me inclinei e agarrei o pau de um cara à minha esquerda, só para ter alguma coisa para segurar enquanto o cara ajoelhado à minha frente trabalhava no meu mastro. Agitei a pica do meu vizinho, que se afastou da parede para que eu pudesse segurá-lo melhor.

Fazer sexo a três foi como ressuscitar. De repente, estávamos rodeados de homens. Eu me senti como se estivesse numa jaula cheia de corpos, vorazmente faminto. Eu queria senti-los na minha boca, na minha bunda, me enchendo de todas as maneiras imagináveis, queria me empanturrar na sua carne doce até me acabar de tanto sexo. Eu tinha um pau em cada mão, apesar de não saber mais de quem eram, nem me importar com isso. Havia outros caralhos se esfregando no meu corpo, atrás e dos lados, muitos corpos me pressionando cada vez de mais perto aumentando cada vez mais a intensidade do calor. O meu sexo estava ficando inchado com a expectativa de gozo.

– Vou gozar – eu anunciei, para lhe dar uma chance de se afastar se ele quisesse.

Ele não soltou o meu pinto, por isso eu agarrei a sua cabeça e comecei foder sua boca. Eu tinha avisado; se ele queria correr o risco, quem era eu para contradizê-lo, especialmente se era tão melhor gozar na sua boca? Ele estava respirando com mais dificuldade agora, e o seu hálito quente atiçava as minhas bolas cada vez que eu metia na sua boca quente e molhada. Só precisei de mais algumas metidas antes de gozar, soltando um suspiro profundo quando o meu pau jorrou a sua primeira carga de esperma. Meus dedos se encresparam em torno dos cacetes que eu estava agarrando, puxando-os com firmeza cada vez que o meu caralho sofria um novo espasmo e todo o meu corpo vibrava.

Quando terminei de gozar, soltei os membros que estava segurando e tirei o meu da boca do rapaz, levantando as minhas calças. Subi e comprei uma cerveja e uma bebida extra para Gretel, que estava sentada debaixo de uma das telas de tv que passava cenas de filmes pornôs. Meu bolso agora estava vazio, mas eu estava ficando zonzo de cerveja e tinha fumado um baseado, por isso estava bem. Quando acabamos nossas bebidas, fomos embora.

As estrelas estavam brilhando, e Gretel e eu seguimos a caminho de casa, de braços dados.

Reencontro

Estava me sentindo cansado, por isso fui à sauna, embora este não fosse o melhor ambiente para relaxar – pelo menos para mim. Eu estava distraído e nervoso demais para curtir os homens atraentes (ou nem tanto) envoltos em toalhas rondando pelos corredores comigo. Eu olhei para eles, eles olharam para mim, até fiquei meio interessado por alguns, mas não consegui me ligar a ninguém. Estava ocupado demais me perguntando por que o destino havia me dado uma rasteira dessas.

Estava me sentindo irritado porque tinha me encontrado com três ex-namorados naquela tarde, um depois do outro. Homens que eu não tinha ansiado encontrar novamente, ou pelo menos não queria que voltassem a fazer parte da minha vida, pelas mais diversas razões. Lá estava eu me perguntando o que estava acontecendo (cosmicamente) para que eles reaparecessem de repente, e todos de uma vez só. Por que eu estava sendo punido?

O primeiro encontro foi com Sean, o menos embaraçoso de todos, por sinal. Eu gostaria de saber quem lá em cima estava com tanta raiva de mim para me fazer passar por aquela tortura emocional. Sean e eu tínhamos tido um caso rápido uns oito meses antes, no começo do outono, que terminara porque eu não conseguia lidar com o fato de ele ser soropositivo e eu não. Tínhamos nos conhecido na academia Chelsea e nos engalfinhado na sauna. Ele era baixo, talvez uns dois centímetros mais baixo do que eu, mas com um belo peito e belos braços. Seu pinto não era especialmente comprido mas era grosso, tinha um bom peso e eu gostava de segurá-lo na minha mão e apertar a sua cabecinha inchada. Ele beijava bem – coisa que a maioria dos homens não se dispõe a fazer quando trepa numa sauna, pois ao beijar parece que se transpõe uma barreira de intimidade que de repente torna este tipo de sexo anônimo menos... inocente? Eu, porém, tinha ficado feliz por atravessar esta barreira, o que tornou o sexo mais agradável para mim. Trocamos nossos telefones depois de tomarmos banho, nos secarmos e nos vestirmos.

Ele trouxe flores quando apareceu para o nosso primeiro encontro – lírios tigrinos amarelos e alaranjados. Acho que nunca aprendi a apreciar corretamente as flores – a idéia toda me dá uma certa sensação de desperdício, já que elas morrem tão rapidamente. Os lírios acabaram se transformando num estorvo, porque soltaram um monte de pólen sobre a minha mesa antes de eu me dar conta do que estava acontecendo, mas achei o gesto muito tocante e doce. Especialmente porque o encontro não era bem do tipo um cineminha e um jantar antes de transar, estávamos nos encontrando só para trepar mesmo.

Moro numa minúscula quitinete em Manhattan, um lugar ideal para este tipo de encontro. Não tenho espaço suficiente para um sofá, de modo que os meus convidados têm de sentar na minha cama – mesmo que eu não esteja planejando fazer nada de especial com eles. Sentei-me ao lado de Sean e começamos a nos beijar e acariciar, ficando de chamego até que em pouco tempo estávamos rolando pelo chão, nus, pressionando os nossos corpos um contra o outro, ainda nos beijando. Demos uma pequena pausa para recuperar o fôlego.

– Como é estar na cama com alguém soropositivo? – perguntou Sean.

A pergunta realmente me deixou sem fala. Fiquei grato pela sua honestidade. Eu estava muito feliz por ele ter me contado, foi só o jeito de ele me dizer – e a hora – que me deixou constrangido.

Ao mesmo tempo, comecei a pensar no que eu costumo fazer na cama. Sempre achei que fazia sexo partindo da suposição de que os meus parceiros eram soropositivos, pois não tinha como saber se eles realmente eram ou não – podiam até ser sem o saber. Portanto, eu só fazia o que sabia ser de baixo risco – sexo oral, mas não se houvesse muita secreção e nunca deixando-os gozar na minha boca, sexo anal apenas de camisinha etc...

Saber então que a pessoa com quem eu estava fazendo sexo era soropositiva não deveria mudar nada do que eu fazia na cama, certo? Mas não tive tanta certeza. A sensação certamente era diferente. Eu de repente duvidei do quanto nós na verdade sabemos a respeito deste vírus e de sua transmissão.

Tentei, porém, corajosamente, não demonstrar como eu estava perturbado pela sua honesta confissão. Acho que em parte fiquei tão tocado por ele ter me contado – algo que nunca havia acontecido antes – que não me achei no direito de ter um ataque e não levar o encontro a cabo.

Sean não tinha nenhuma secreção aparente, por isso eu pus o seu caralho na minha boca por um momento, embora tenha, na maior parte do tempo, chupado as suas bolas e os seus mamilos, passando assim toda a noite, masturbando-nos como havíamos feito no nosso primeiro encontro. Nós não praticamos nenhuma atividade anal e gozei rápido para que ele se sentisse obrigado a fazê-lo também. O nosso encontro seguinte também foi assim, mas então decidi que a diferença entre não saber se o parceiro era ou não soropositivo e ter certeza absoluta era uma coisa difícil demais para mim e terminei com tudo.

Sempre me arrependi por não ter sido tão honesto com Sean quanto ele fora comigo, mas simplesmente não tive coragem. Eu lhe disse que as coisas não estavam indo bem, e quando ele me ligou uma semana depois, eu lhe disse que estava saindo com outra pessoa. Ele desistiu depois disso, e desde então eu não o tinha visto mais. O proprietário do seu apartamento quis dobrar o seu aluguel para renovar o contrato, por isso ele se mudou para o Astoria, onde os aluguéis eram mais baratos, e passou a freqüentar a academia de lá, e assim eu não cruzava mais com ele nem mesmo na academia Chelsea. Até hoje.

Eu tinha parado em frente a uma pequena butique chique na Hudson Street, um pouco depois das cinco. Estava vendendo espaços para anúncios num guia gay de viagens sobre Nova Iorque publicado em Londres. Tinha ido lá para pegar a arte-final do anúncio da butique. Acabei descobrindo que o cara atrás do balcão, Pierre, era o mesmo que dividia o apartamento com Sean, que tinha dado uma passada por lá no caminho de volta para casa para fofocar um pouco. Sean tinha clareado o cabelo e estava horrível, reforçando a minha impressão de que eu havia tomado a decisão certa de romper com ele, além de ter tatuado um cometa em seu ombro.

Dissemos "oi" um para o outro e "há quanto tempo", mas mantivemos um papo casual. Não fizemos muitas perguntas pessoais. Na maior parte do tempo expliquei as coisas para Pierre, a quem eu nunca tinha visto antes, embora tivesse falado com ele várias vezes ao telefone a respeito dos anúncios. Sean e eu fizemos um comentário ou outro entre nós e então um para Pierre, como se sentíssemos necessidade de lhe explicar alguns detalhes, ou de achar uma maneira de incluí-lo na conversa para compensá-lo pela nossa intimidade anterior.

"Que mundo pequeno", pensei, enquanto seguia em direção ao próximo cliente, depois de Pierre ter me dado a arte-final do anúncio. Nós três tínhamos relações muito diferentes um com o outro, por isso era engraçado que tivéssemos nos encontrado – por acaso – no mesmo lugar e na mesma hora, vendo nossas vidas se sobreporem uma à outra.

Na hora, aquele pareceu um encontro isolado, uma ironia do destino. Mas o dia mal havia começado.

O encontro com Dennis foi o mais difícil dos três. Não bastasse o fato de eu sempre ter me perguntado se romper com ele não tinha sido a coisa mais estúpida que eu já havia feito na minha vida, Dennis às vezes também compartilhava desse pensamento. O tesão entre nós ainda era feroz. Nós já tínhamos conversado a respeito antes – ligávamos um para o outro a cada seis ou sete meses – e ambos concordávamos que éramos perfeitos um para o outro, exceto pelo fato de nossas vidas seguirem em direções tão diferentes e de que, quando vivíamos juntos, enlouquecíamos um ao outro por sermos parecidos demais em todos os nossos piores aspectos – competitivos, territoriais, ciumentos etc. Estes conflitos sempre nos separavam cada vez que voltávamos, o que fizemos durante dois anos até decidirmos que estava tudo definitivamente acabado.

Eu estava na plataforma do metrô, esperando pelo meu trem, quando me dei conta de que o homem que estava duas pilastras adiante de mim era Dennis. Eu me dirigi a ele, que se voltou, reconhecendo-me. Nós nos cumprimentamos com um selinho – o cumprimento típico dos dias de hoje – e batemos um papinho furado, para onde cada um de nós estava indo, como parecia longa a espera entre um trem e outro, e por aí vai... Eu não mencionei que tinha acabado de encontrar um ex-namorado, apesar de estar rindo por dentro por causa daquela estranha coincidência, se é que era disso que a coisa toda se tratava. "Só mesmo em Nova Iorque", pensei, "isso podia acontecer."

Eu não quis mencionar o fato, também, porque me parecia errado comparar o breve caso com Sean com o que eu e Dennis havíamos compartilhado, apesar dos vários altos e baixos. Além disso, parecíamos igualmente surpresos de estar frente a frente novamente, a apenas poucos centímetros de distância na plataforma, sem nenhum aviso prévio, como costumava acontecer quando nos encontrávamos depois que um de nós ligava para o outro após alguns meses sem que nos vísssemos e propunha de nos encontrarmos. Lá estávamos nós, pegos de surpresa. Foi como tropeçar um no outro no meio de alguma atividade que achássemos desagradável, mas que iríamos educadamente ignorar – o choque de perceber que cada um de nós tinha a sua própria vida particular –; por isso só conversamos a respeito de coisas superficiais, até que, quando me dei conta de que tínhamos chegado à minha estação, saí correndo, colocando um final abrupto, mas completamente compreensível, ao nosso encontro.

Encontrei Drew do lado de fora de um café, fumando um cigarro. Uma das coisas que eu sempre odiara quando dormíamos juntos regularmente era o fato de ele fumar. Drew é um músico de jazz, louro, mas de forma alguma o meu tipo. Ele me deu o seu número de telefone nun café, e nos encontramos poucos dias depois. O primeiro encontro pareceu infinitamente estúpido – não tínhamos absolutamente nada em comum. Discordávamos a respeito de quase tudo em termos de política, ele não tinha nenhum conhecimento cultural fora o jazz (que eu na verdade não acompanho muito de perto) e depois de pouco tempo descobrimos que não tínhamos nada sobre o que conversar, nada que interessasse a ambos.

Drew também era bem hetero em vários aspectos. Ele tinha se assumido fazia pouco tempo, e o mundo em que circulava – o do jazz – é quase exclusivamente hetero. Uma das razões pelas quais ele aceitara o trabalho no Big Cup fora poder ingressar num ambiente gay onde pudesse conhecer outros rapazes gays.

Seja como for, apesar de o nosso primeiro encontro ter sido ruim, não conseguimos pôr um ponto final, portanto fomos passear no Tompkins Square Garden depois do jantar, tentando achar alguma coisa em comum ou uma maneira educada de nos separarmos. Acho que nenhum de nós tinha um lugar melhor para ir, ou continuava esperando – apesar do óbvio – que as coisas acabassem dando certo. Drew fumou o que me pareceu ser meio maço de cigarros, e eu continuei mudando de lado no banco porque a brisa fazia a fumaça vir direto para cima de mim.

Provavelmente por eu achar que merecia ser recompensado pelo meu esforço depois de sofrer durante uma noite interminável como aquela, acabamos indo para o seu apartamento e o sexo se mostrou extremamente prazeroso. Ele era notavelmente desinibido com o corpo – era quatro anos mais jovem do que eu, vinte e dois talvez, mas tinha uma segurança característica da meia-idade – e topava tudo o mais que pudéssemos fazer. Ele tinha aquele entusiasmo que eu associo com rapazes heteros e seu jeito com mulheres, que acho inebriante. Aquela obstinação, focada em você, pode ser estonteante. Os gays costumam ser muito mais centrados no sexo, focados completamente no caralho – ou na bunda – e na corrida em direção ao seu próprio orgasmo.

Drew tinha aquilo que eu considerava a pica perfeita, suficientemente grande para encher minha boca sem dar ânsia de vômito. Sua pele era muito lisa e tinha um sabor doce que me enlouquecia, apesar de alguns homens terem paus e bolas e um sabor salgado ou até mesmo ácido que realmente me excita. Eu adorava ficar deitado de costas, a cabeça apoiada num travesseiro, sentindo-o acariciar o meu peito e comer o meu rosto. Era a minha maneira predileta de gozar com Drew. (A dele era gozar enquanto me comia, o que eu só permitia que se estivesse usando duas camisinhas.)

Assim, apesar de eu não gostar exatamente de Drew, passamos a nos ver com bastante freqüência, num clima morno, e acabei me afeiçoando a ele. Tudo foi por água abaixo quando eu fiz uma viagem de três semanas para a Nova Inglaterra para vender anúncios. Quando voltei, ele tinha se apaixonado pelo baterista de uma banda de rock punk que tinha ido ouvir num dos bares do centro da cidade que freqüentava.

Eu tinha deixado de ir ao Big Cup desde que as coisas entre nós tinham melado, nem tinha ido para lá hoje. Estava só passando por perto, quando o encontrei do lado de fora do bar.

Nós conversamos um pouco. Ele me disse que estava novamente solteiro. Perguntou a meu respeito. Tentei me esquivar, mas não tive coragem de mentir, por isso admiti cuidadosamente que não estava "saindo com ninguém regularmente no momento". Ele me disse que estava com uma banda nova e que iriam tocar na próxima quinta à noite. Eu tinha concordado em deixar a minha irmã tentar marcar um encontro para mim com os novos gays do seu escritório. Minha irmã costuma se apaixonar por gays que trabalham com ela e tenta viver os seus amores através de mim. Eu não concordava com o seu gosto para homens, mas como eles estavam dando sopa, eu tinha topado. Disse a Drew – a quem eu nunca tinha assistido tocar enquanto dormíamos juntos – que podia ser que eu desse um pulo por lá, dependendo de até que horas fosse rolar o jantar com a minha irmã. Ele deixou barato e eu me desculpei dizendo que tinha que me encontrar com um amigo (o que não era verdade, eu estava indo para a farmácia comprar creme de barbear porque o meu tinha acabado) e continuei o meu caminho pela Eight Avenue.

A esta altura eu já estava muito mal com toda aquela sucessão de ex-namorados e casos reaparecendo em minha vida, tão rapidamente. Comecei a me preocupar com quem poderia ser o próximo.

Num esforço de evitar mais um desses encontros (sem me dar conta de que poderia encontrar um deles até mesmo lá) e procurando a facilidade do sexo anônimo – o alívio físico de trepar sem os preâmbulos emocionais e toda a parafernália que acompanha até mesmo um simples caso de apenas uma noite, por conta da possibilidade de algo mais –, fui para o West Side Club.

Com todas aquelas lembranças agitando a minha cabeça, não foi surpresa para mim não conseguir me interessar por nenhum daqueles rapazes prontos e dispostos à minha frente. Minha libido estava intensamente ligada ao passado. Fiquei comparando os homens à minha frente com os meus ex – todos eles, não apenas os que eu havia encontrado hoje.

Um homem de braços cruzados que atravessou os corredores tinha os olhos de Emilio. Outro tinha o biquinho de Jonathan. E outro ainda, de pé num canto mais escuro, era igualzinho a Dennis. Ele sorriu quando me viu olhando e voltei a sentir o mesmo tesão que havia sentido naquele mesmo dia, quando encontrara Dennis e descobrira que a nossa ligação – pelo menos a física – ainda era muito forte. Era para isso, pensei, que eu tinha vindo hoje aqui, para reviver esta lembrança, apesar de não haver nada que pudesse se comparar à coisa verdadeira, e menos ainda às memórias, editadas ao longo dos anos de modo que tudo o que eu lembrava eram os pontos altos. O que poderia se comparar a isso?

Mas eu sorri de volta e me aproximei, e foi então que percebi que aquela não era simplesmente uma pessoa parecida com Dennis, era o próprio.

– Bem, bem – ele disse, estendendo uma mão para tocar o meu peito, como se fôssemos dois estranhos fazendo o nosso primeiro contato. Ele apertou o meu mamilo esquerdo, rolando-o entre os dedos, enquanto continuava a falar. – Duas vezes num só dia depois de quanto tempo? O que será que isso significa?

Eu não conseguia lembrar quanto tempo fazia. Eu mal conseguia pensar no que ele estava falando, quase nem registrei que ele estava me fazendo uma pergunta, ainda que retórica. Aquela sua mão estava tão gostosa, eu não queria que ele parasse, mas ao mesmo tempo havia uma parte de minha mente gritando que aquela era uma má idéia, que as coisas iam ficar muito confusas e dolorosas emocionalmente caso eu permitisse que ele continuasse.

Mas eu permiti. Eu não podia me conter, ainda que quisesse. Eu estava chocado.

Para começar, o simples fato de encontrar alguém conhecido na sauna sempre me deixava transtornado. Eu sempre fico absolutamente embaraçado, literalmente "pego com as calças na mão", ainda que a pessoa, seja ela quem for, e eu estejamos aqui pelo mesmo motivo. (Qual é o mal então na verdade? Mesmo assim, eu ainda não consigo deixar de enrubescer até ficar escarlate cada vez que isso acontece.)

Mas encontrar Dennis aqui, depois do nosso provocante encontro desta tarde, depois de meses de silêncio após o nosso último encontro... E ele ainda me fez a mesma pergunta – "o que será que isso significa?" – que eu estive me fazendo, beirando o sobrenatural. Era como se ele tivesse orquestrado todos os acontecimentos do dia. Ou alguém.

Parado lá, nu, exceto por uma toalha, com Dennis, num lugar onde os homens iam para fazer sexo – um sexo puro e suado, livre de qualquer amarra –, eu tive que questionar a minha falta de fé numa ordem superior. Algumas vezes era tão mais reconfortante acreditar que as coisas que me aconteciam – que estavam acontecendo comigo – eram ditadas por algum desígnio superior e não simplesmente um capricho. Ao mesmo tempo, a mão de Dennis no meu mamilo era como uma âncora, puxando a minha mente do passado, trazendo-a de volta para o presente. Seus dedos me beliscaram, roçando o botão que se encontrava entre as suas pontas, até os meus mamilos virarem pequenos pontos duros e uma corrente começar a correr de Dennis e o nosso passado sexualmente carregado através do meu mamilo para o meu pau.

Assim, apesar de a minha mente se rebelar com a possibilidade de eu me envolver com Dennis novamente, eu sorri para ele, e me inclinei contra a sua mão um pouco mais. Ele sorriu de volta e estendeu a outra mão para agarrar o meu pau por cima da toalha. Dennis meio que murmurou – "Mmm" – quando a sua mão se fechou ao redor do meu pau através do tecido felpudo..Meu corpo sempre respondeu bem a Dennis, e ele sempre soube como me manipular – não importa o quanto eu estivesse cansado, ou quantas vezes eu já tivesse gozado, ele sempre conseguia arrancar de mim uma nova ereção se quisesse.

– Quer vir até o meu quarto? – ele perguntou, dando um apertão no meu pau.

Eu hesitei e me odiei por isso, porque ele percebeu. Meu corpo ficou repentinamente tenso enquanto eu pensava, e respirei fundo para tentar relaxar. "O que significaria ir lá para trás com ele?", eu me perguntei. Será que poderíamos fazer isso sem nos envolvermos novamente? Será que poderíamos fazer sexo anônimo como se fazia na sauna apesar do nosso passado? Como isso afetaria a nossa relação?

Ele deu um outro apertão no meu pau, e eu soube que naquele momento o meu corpo o seguiria para onde quer que ele quisesse me levar.

Eu não sei o que é – nós fazíamos as mesmas coisas que faço quando estou com outros caras, metíamos os nossos paus na boca e na bunda um do outro, nos beijávamos, nossas mãos e lábios passeavam pelas mais variadas partes do corpo um do outro até que não houvesse nem um pedaço de pele sequer que não tivesse sido acariciado ou lambido. Em resumo, as atividades comuns do sexo.

Mas havia alguma coisa diferente quando Dennis e eu trepávamos. Nossa química. Nossa energia. Nossa paixão sexual combinada com a nossa incapacidade de ficarmos sem nos ver durante um determinado tempo. Algo fazia os nossos encontros e as nossas conexões muito mais intensos.

Aquela noite na sauna eu me entreguei a Dennis sem nem me preocupar com o significado de estarmos trepando novamente. Enquanto sua língua explorava a minha boca e ele enfiava um terceiro dedo no meu cu, não me perguntei se ele esperava que eu ligasse para ele mais tarde ou se nos veríamos novamente, só vivi as sensações de língua e mão, corpo e coração. Não havia placar de quem tinha gozado quantas vezes e em que posições. Eu tinha chupado o seu pau até perder o fôlego e depois descansamos, deitados, suados, num emaranhado de braços e pernas e paus apertados entre os nossos corpos. Ele não me chupou quando o nosso descanso se transformou novamente em sexo; eu, em vez disso, voltei a chupá-lo. Pelo menos por uma vez a nossa natureza competitiva parecia ter dado uma trégua. Contanto que nossos corpos se tocassem, pouco importava o que fazíamos com e para o outro.

O funcionário chamou o número do meu armário quando o meu tempo expirou, mas eu o ignorei. Naquele momento o meu mundo era aquele minúsculo gabinete com um colchão e uma pilha de camisinhas e pacotes de lubrificante – cuja maior parte já havíamos usado. Não, o meu mundo, neste curto espaço de tempo, era o homem que estava a dividir isso comigo.

Mais tarde, felizes e exaustos, tomamos banho juntos, lavando as costas um do outro, passando mãos cheias de espuma sobre os genitais, cansados e sensíveis, mas ainda assim tentando ficar eretos. Um homem que passava por lá veio ver a nossa animação debaixo do chuveiro, invejoso ou desdenhoso talvez da nossa intimidade em público. Eu me senti como se fôssemos adolescentes apaixonados, acreditando inocentemente que aquilo ia durar para sempre.

Eu sabia que não ia durar para além das portas daquele clube, e para a minha surpresa não fiquei triste por isso. Eu me lembrava bem demais de todas as nossas brigas quando morávamos juntos, apesar de me lembrar também, tão bem quanto, dos momentos agradáveis – não apenas o sexo exuberante, mas os gestos românticos e as situações que compartilhado.

– Um tostão pelos seus pensamentos – disse Dennis, enquanto nos secávamos.

Eu sorri para ele, sabendo que estava com uma expressão sonhadora no rosto, que se devia metade à nostalgia e metade à satisfação física por ter comido e sido comido nas últimas cinco horas seguidas. Eu me inclinei e o beijei gentilmente nos lábios, antes de continuar a me secar.

– Só estava pensando sobre nós – eu disse.

Dennis deu um grande sorriso, compreendendo e se inclinando para me beijar. Então ele voltou para o seu minúsculo quarto para vestir as suas roupas.

Lá fora, na rua, a noite estava fria e calma, quase chegando ao fim. A cidade estava quieta, como normalmente não a vemos, como a calmaria antes de uma tempestade, ou melhor, como a expectativa em um teatro antes do começo do espetáculo.

Dennis e eu nos abraçamos por um bom tempo, esfregando os nossos rostos no pescoço um do outro, sentindo os corpos bem próximos.

Nós então nos beijamos, um beijo longo e lento, cheio de desejo sexual, ternura e muita língua. Eu podia sentir o meu pau começar a se agitar, ainda que com certa dificuldade, nas minhas calças.

Quando o beijo terminou, sorrimos e dissemos boa noite e cada um seguiu noite adentro em direções opostas, mas compartilhando as mesmas doces lembranças.

Assustando os unicórnios

"Não me importa onde as pessoas façam amor, contanto que não o façam na rua assustando os cavalos"
Mrs. Patrick Campbell (atriz inglesa, 1865-1940)

– Isso não te excita? – Phil sussurrou no meu ouvido, enquanto pressionava o seu corpo contra o meu. – Pensar em todos esses monges vivendo aqui, visitando as celas vizinhas na calada da noite para ensinar um ao outro o verdadeiro sentido da palavra devoção?

Meu corpo respondeu ao seu toque de imediato. Eu sempre levo algum tempo até me acostumar a alguém, ao modo do seu corpo funcionar e se ajustar ao meu, antes de reagir sexualmente a ele para valer. Acho que isso se deve em parte ao fato de o meu corpo esquecer o que deve fazer durante o tempo em que não faz sexo, e ter de reaprender tudo novamente, a cada relacionamento. A lei é conhecida – um corpo em movimento permanece em movimento etc. Entre uma relação e outra – quando o meu corpo está descansando, como estava – ele aprende a descansar. É claro que eu me masturbo o tempo todo quando não estou namorando, mas não é a mesma coisa. Sempre reajo às minhas próprias fantasias, ou à visão de alguém fazendo sexo num vídeo ou numa revista, e mais especialmente na vida real.

Phil e eu estávamos morando juntos havia dois anos, e o meu corpo estava tão sintonizado ao dele que eu, às vezes, ficava de pau duro em resposta a um contato casual – o roçar do seu corpo no meu quando eu estava lavando a louça, por exemplo. A sensação do seu pinto contra a minha bunda, ainda que através de duas camadas de tecido, fez o meu cacete ficar em estado de alerta.

Mas aquele não era um lugar para fazer sexo.

– Nós estamos em público, querido – eu disse, afastando-me dele. – Além do mais, isto foi um claustro, de um convento, não um mosteiro.

Nós estávamos no Museu do Claustro de Nova Iorque. Tínhamos decidido escapar da correria de Manhattan sem ter que enfrentar a dor de cabeça que significava sair realmente da ilha. Há dúzias de pequenos lugares como este espalhados pela cidade, redutos de calma e sossego para os quais quase nunca encontramos tempo. Num impulso, porém, decidira tirar a tarde de folga, e arrastara Phil até o metrô para irmos ao encontro de um pouco de cultura e relax.

– Imagine mesmo assim – Phil continuou. – Quartos abarrotados de homens sem qualquer contato com mulheres, qualquer outra coisa que os fizesse esquecer do acúmulo de sêmen em suas bolas ardentes de desejo, em sua busca por um pensamento mais elevado.

Ele tinha se encostado em mim novamente e colocado a mão ao redor da minha cintura, abrindo caminho até o meu bolso da frente, por onde apertava a base do meu cacete enquanto falava. Aquilo estava muito gostoso, mas fiquei com medo de que alguém nos visse.

– Nós estamos num lugar público – repeti.

Eu não tinha nada contra demonstrações públicas de afeto, mas estava preocupado em não ultrapassar os limites do decoro.

– Ninguém está prestando atenção na gente – respondeu, ajeitando a mão dentro do meu bolso para mexer nas minhas bolas.

Parecia ter razão, o lugar estava praticamente vazio e os

poucos visitantes entravam às pressas no ambiente pouco iluminado e com ar condicionado onde estavam expostas as tapeçarias, sem prestar atenção em nós. Parei de me preocupar por um momento e empurrei os meus quadris para trás para roçar o seu ventre.

– E não há nenhum cavalo aqui para nos amedrontar – ele continuou. – Agora, um unicórnio já é outra história.

Ri e a voz de Phil tornou-se mais grave ao embarcar novamente na fantasia.

– Pense nesses pobres masoquistazinhos, se autoflagelando por não serem suficientemente puros, por continuarem pecando em pensamento e seus corpos insistirem em perseguir tais pensamentos. Pense em todos eles, ansiando por um pouco de punição.

Ele apertou as minhas bolas para enfatizar o que dizia, e eu arfei. Meu caralho começou a vibrar quase dolorosamente, repleto de sangue.

Phil estava me provocando de propósito, eu sabia, com a história e com a bolinação. Ele adorava fazer sexo em lugares não convencionais, e a perversidade da situação deve tê-lo excitado, a idéia sacrílega de praticar um pouco de sodomia entre as paredes de um lugar "santificado" e supostamente casto como um claustro. Não havia nada que eu quisesse mais naquele momento do que deixar que ele rasgasse as minhas roupas e fizesse sexo comigo lá mesmo, à vista de todos, mas o puritano que há em mim me fez puxá-lo para um cantinho mais distante, nas moitas. Eu sou um grande *voyeur*, e acredito intelectualmente na lei da oferta e da procura, mas na prática eu não gosto de me exibir.

Assim que consegui levar Phil para um cantinho mais reservado, me ajoelhei na sua frente e num segundo desabotoei a sua calça.

– Isso, filho – ele disse, bancando o Pai Eterno, enquanto o seu pau saltava para a liberdade e erguia a cabeça em direção aos céus. – Permita que o espírito do Senhor penetre em você.

Eu lambi a sua pica de suas bolas aveludadas até a cabecinha e então para baixo mais uma vez, adorando aquele sabor e cheiro forte de suor. Puxei-o para baixo para poder lamber a veia que serpenteava sobre a ponta, engrossando um pouco antes de desaparecer debaixo da glande. Fechei meus dedos ao redor da base do seu pau e passei a minha língua pela borda sensível da cabecinha, provocando-o até nenhum de nós agüentar mais.

Finalmente, coloquei o seu caralho entre os meus lábios.

– Mmm, isso... – ele grunhiu, enquanto mergulhava na umidade da minha boca – Já pensou – Phil continuou – *As tapeçarias do unicórnio* da Catalina Videos, apresentando Lex Baldwin repetindo *ad infinitum*! "Sim, chupe este chifre, chupe este grande chifre".

Eu queria rir, mas não podia, com o seu pinto enfiado tão fundo na minha garganta, por isso continuei chupando com mais força ainda, enquanto ele gargalhava e bombava os seus quadris, fazendo a sua pica deslizar dentro da minha boca.

Phil sempre foi de falar muito durante o sexo e soltar piadas sobre o que estava fazendo. Eu demorei um tempo para me acostumar com isso quando começamos a namorar, pois não estava acostumado com homens que dissessem qualquer coisa além dos conhecidos grunhidos e das frases típicas de filmes pornô. Eu achava que o sexo se resumia àquilo, mas depois de um tempo embarquei completamente na brincadeira verbal de Phil. Afinal de contas o sexo devia ser uma coisa divertida.

– Se nós fôssemos mesmo confeccionar as tais tapeçarias – disse Phil, quebrando um dos ramos de uma das árvores próximas –, você precisaria disso.

Achei que ele estava pensando em me bater com aquilo, mas em vez disso ele me afastou do seu cacete até meus lábios ficarem enroscados apenas em torno da cabecinha – eu não queria abandoná-lo de vez – e enroscou o ramo pontiagudo ao redor do meu pescoço, como uma coleira.

– Bem melhor – ele disse. – Sua coroa de espinhos. Quem lhe disse para parar de chupar, rapaz?

Não precisou falar duas vezes. Deslizei avidamente de volta pelo seu pau, ignorando o modo como o ramo cortava a minha pele enquanto o seu cacete se expandia pela minha garganta. Às vezes eu quase entro em transe quando faço uma gulosa. Já me surpreendi gozando sem sequer me tocar, só de fazer um boquete. Uma coisa que eu amava no sexo de Phil era o modo com que ele se ajustava perfeitamente na minha boca. O que não quer dizer que eu conseguisse engoli-la toda, era uma pica comprida demais, mas esta era uma das razões pela quais era tão perfeita: era um desafio, e eu nunca me cansava de tentar.

Phil puxou o seu mastro da minha boca e se virou de frente para a parede, deixando suas calças caírem. Fiquei de joelhos, até compreender o que ele estava fazendo e enterrar; o rosto no seu rego assim que ele expôs aqueles montes musculosos para mim. Minha língua abriu caminho em direção ao seu cu, lambendo até encontrar aquele botãozinho apertado. Separei as suas nádegas com as minhas mãos para chegar mais fundo. O seu esfíncter relaxou com a minha exploração e e empurrei a minha língua tão profundamente quanto fui capaz. Eu o puxei na minha direção pelos quadris até o meu nariz ficar pressionado contra a carne de suas nádegas enquanto o lambia.

Senti o seu cu se contrair, involuntariamente, em torno da minha língua quando ele começou a jorrar grossos jatos de porra contra a parede do claustro. Continuei fodendo o seu cu enquanto ele bombava o seu cacete até secar, tentando manter a língua dentro dele enquanto estremecia a cada novo jorro. Eu nunca me saciava. Mesmo depois de o seu corpo ter parado de tremer, lambi as suas nádegas, mordiscando a carne macia e os pêlos que a cobriam.

Sem se incomodar em puxar as suas calças de volta, ele se ajoelhou ao meu lado.

– Isto foi divino –disse, tomando o meu rosto nas mãos, antes de me beijar.

Sua língua estava quente e molhada quando entrou na

minha boca e eu me perguntei se ele podia sentir o seu sabor, o sabor do seu próprio cu. Ele serpenteou a sua língua pela parte de trás dos meus dentes enquanto suas mãos deslizavam pelo meu corpo, apertando e torcendo os meus mamilos, primeiro um, depois o outro, através do tecido da minha camisa. Sabia que o meu pau estava ardendo de desejo por ele, por isso não demorou muito para deixar uma mão descer pela minha barriga enquanto a outra continuava a provocar os meus mamilos. Ele abriu o zíper do meu jeans, sem se preocupar em desafivelar o cinto. As minhas cuecas estavam tão molhadas de excitação que pareciam ter sido mergulhadas no rio Hudson e vestidas antes que tivessem tido chance de secar. Puxou-as para baixo e finalmente libertou o meu pinto, inchado de desejo por ele. O pau de Phil ficava em posição de sentido quando ereto, curvando-se em direção à sua barriga. O meu apontava diretamente para a frente. Apesar de não ser nem de perto tão comprido quanto o de Phil, o meu bráulio era mais grosso e pesava agora na sua mão. Ele o segurava com amor e cuspiu sobre a sua cabecinha. Com o polegar, esfregou a saliva na ponta do meu caralho, puxando o prepúcio para trás com a outra mão para afastar a secreção que havia se aglomerado ali. Ele cuspiu novamente na minha pica, passando a mão por ela para espalhar a saliva, e então, sem preâmbulos, enfiou-o na sua boca e começou a chupá-lo.

 Eu soltei um gemido e tive a sensação de que minhas pernas teriam bambeado se nós já não estivéssemos ajoelhados, quando os seus lábios se fecharam ao redor do meu membro e eu me senti enterrado dentro da caverna quente e úmida de sua boca. Senti o meu pinto inchar ainda mais, preenchendo o vácuo criado pela sua sucção. Sua língua começou a roçar a parte inferior do meu cacete, sem afrouxar a pressão que seus lábios faziam na base. Por um momento tentei descobrir se era ele que estava sendo penetrado pelo meu pinto ou se eu é que tinha sido capturado pelos seus lábios, mas aquilo estava tão gostoso que não me preocupei em desvendar o mistério. Eu o sentia engolir, os músculos lisos do fundo de sua garganta se apertando e contraindo em torno do meu instrumento. Ele tentou me enfiar mais ainda para dentro de sua boca, apesar de o seu nariz já estar completamente pressionado contra a minha barriga e os seus lábios estarem fechados em torno do meu trabuco naquela parte onde os pentelhos escondem o primeiro meio centímetro. Não havia para onde ir, portanto passou a chupar com mais força, fazendo-me imaginar como ele conseguia respirar daquele jeito.

Mas aquilo estava muito bom e ele não parecia estar tendo problemas, assim parei de me preocupar e agarrei os seus cabelos. Desfiz a trava dos seus lábios empurrando a sua cabeça para longe de mim e tirando o meu caralho parcialmente da sua boca, apenas para empurrá-lo de volta pela sua garanta molhada um momento depois.

Sem aviso, Phil cuspiu o meu pau para fora.

– Onde você pensa que vai? – perguntei, agarrando o meu cacete com uma mão e me masturbando com o auxílio de sua saliva.

Era gostoso apertar a minha pica assim com mais força do que os seus lábios eram capazes, mas não há nada melhor do que estar envolvido por uma língua gorda e uma boca molhada.

Phil não respondeu. Virou-se e puxou uma camisinha e um pequeno frasco de lubrificante de sua mochila.

– Você planejou tudo isso, não foi? – perguntei.

Mais uma vez Phil não respondeu, apenas sorriu e desenrolou a camisinha sobre o meu pau. Eu devia ter pensado que Phil encararia qualquer tipo de excursão como uma oportunidade de fazer sexo num lugar pouco convencional. Tomei o frasco de lubrificante de suas mãos e derramei um montão no meu dedo enquanto ele se virou e me ofereceu novamente a sua bunda, segurando num galho da árvore ornamental sob a qual nós estávamos para se apoiar. Eu esfreguei o lubrificante sobre o seu cu já alargado pelo trabalho da minha língua, e então cobri o meu dedo com o gel viscoso, esfregando-o ao longo do seu rego e fazendo os seus pêlos escuros grudarem uns nos outros. Ao pressionar o meu dedo diretamente sobre o botão rosado do seu cu e começar a massageá-lo, descrevendo um círculo estreito, não pude deixar de compará-lo a um dos vitrais de roseta, tão comuns na arquitetura cristã, incluindo o claustro ao nosso redor.

Phil não estava a fim de contemplações teológicas ou arquitetônicas e empurrou o seu corpo para trás contra o meu dedo. Deslizei-o para dentro até o segundo nó, onde ele se torna mais largo, e então comecei a girá-lo como uma hélice enquanto o enfiava ainda mais fundo.

– Sabe por que os unicórnios só gostam de virgens? – perguntei a ele.

Phil parou de gemer para perguntar "Não, por quê?" enquanto eu girava dentro dele. Puxei os meus dedos para fora para que ele pudesse se concentrar na minha resposta, e segurei a base do meu pau contra o seu buraco ao me preparar para responder.

– Porque eles gostam de uma bundinha apertada – respondi, e mergulhei nele.

Eu o comi com movimentos longos e lentos a princípio, acostumando-o à sensação do meu cacete grosso dentro dele, antes de começar a acelerar o passo.

– Se você é o unicórnio – Phil me perguntou enquanto eu bombava dentro dele – como é que sou eu quem está sendo montado?

– Cale a boca e aproveite a corrida – eu respondi. – Ou então eu paro.

Fiz uma pausa, tirando metade do meu cacete para fora, para enfatizar o que eu dizia, como se eu realmente fosse capaz de parar àquela altura do campeonato sem ficar com as bolas azuis de tanta dor.

– Não se atreva –disse, e agarrou os meus quadris para me puxar mais para dentro. – Cavalgue imediatamente.

Eu cavalguei, bombando nele cada vez mais rápido enquanto ele se masturbava no ritmo da minha bombada. Sempre tive inveja de ele conseguir ficar com o pinto duro tão rápido depois de gozar. Eu demorava séculos para atingir o orgasmo, e depois ficava fora de combate por um bom tempo. Isso nos levou a algumas noites agonizantemente prazerosas, já que Phil adorava tentar me fazer ficar de pau duro novamente logo depois de gozar.

Estava no meu limite, como se estivesse prestes a irromper num galope, de tão rápido que eu estava rasgando a bunda de Phil. Minhas costas ficaram molhadas de suor. O doce aroma da porra de Phil ainda pairava no ar, de quando ele tinha esporrado sobre toda a parede, e pensar em comê-lo novamente me empolgou em minha corrida pelo alívio. O meu caralho começou a se agitar dentro dele, jorrando carga após carga de porra quente no pequeno reservatório da ponta da camisinha. Eu, finalmente, parei, meu pau ainda enterrado fundo nele, meu corpo meio desabado sobre o dele, tentando recuperar o fôlego. Phil começou a se masturbar novamente enquanto eu ainda estava dentro dele, e um momento depois gritou e jorrou uma segunda carga de porra na parede do claustro.

– Então é por isso que os unicórnios são seres mágicos – disse Phil quando eu tirei o caralho do seu cu.

Eu tirei a camisinha do meu cacete e dei um nó nela para evitar que a porra vazasse.

– São muito mais que um cavalo com apenas um chifre – eu disse.

Ele me estendeu alguns lenços de sua mochila e se limpou antes de fechar o zíper de suas calças.

– Podemos ir para os estábulos de Claremont, na Amsterdam com a 82 na semana que vem – eu disse, levantando as minhas calças e olhando para o pátio quieto e vazio – ver se conseguimos assustar os cavalos normais.

SOBRE O AUTOR

Lawrence Schimel, nascido em Nova Iorque, a 16 de outubro de 1971, formou-se na Yale University. Seus contos, poemas e ensaios foram publicados em inúmeros jornais – incluindo *The Wall Street Journal, The Saturday Evening Post, The Boston Phoenix, Isaac Asimov's Science Fiction Magazine, Physics Today* e outros e em mais de 140 antologias, incluindo *The Random House Book of Science Fiction Stories, Best Gay Erotica 1997* e *1998, The Mammoth Book of Fairy Tales, Gay Love Poetry* e *The Random House Treasury of Light Verse,* entre outros.

Já teve sua obra traduzida para o holandês, finlandês, francês, alemão, italiano, japonês, polonês, português e espanhol.

Exerceu por dois mandatos a função de presidente da *Publishing Triangle,* a associação americana de publicações gays e lésbicas, responsável pelo *National Lesbian and Gay Book Month, Bookaids* (programa que distribui livros gratuitamente para aidéticos nos EUA), uma entrega de prêmios anual, além de vários outros programas e eventos.

É também membro ativo do *Science Fiction Writers of America, National Book Critics Circle, Society of Children Book Authors and Illustrators* e *Academy of American Poets.*

Lecionou em várias universidades, incluindo Princeton, Yale, Brown e Rutgers, entre outras.

Mora em Nova Iorque.